GONZAGUE SAINT BRIS

DU MÊME AUTEUR

Brassens, auprès de ses arbres, L'Archipel, 2020.

Ma première mort, Serge Safran éd., 2019.

Mon Poulidor, Albin Michel, 2019.

Céleste et Sagan. Pour l'amour de Proust, Albin Michel, 2018.

Jean-Edern Hallier, l'idiot insaisissable, Albin Michel, 2017. Prix Louis-Barthou de l'Académie française.

Chez Coluche, histoire d'un mec inoubliable, illustrations de Philippe Lorin, Éditions du Rocher, 2016 ; Le Rocher poche, 2021.

Chez Brassens. Légende d'un poète éternel, illustrations de Philippe Lorin, Éditions du Rocher, 2015 ; Le Rocher poche, 2021.

Le Miroir de la Grande Guerre, Anne Carrière, 2013.

Le Mystère de la chambre Jeanne Calment, Fayard, 2013.

Éloge du non, avec Fabienne Deval, Éditions du Rocher, 2012.

Et Dieu créa les femmes. Brigitte, Françoise, Annabel et les autres, Albin Michel, 2011.

Bernard Buffet, le samouraï, Albin Michel, 2008.

La Comédie des livres, Albin Michel, 2006.

Brassens, le mécréant de Dieu, Albin Michel, 2004 ; Le Livre de Poche, 2006.

Bernard Buffet, secrets d'atelier, avec Annabel Buffet, Flammarion, 2004.

Mac Orlan, l'aventurier immobile, Albin Michel, 2002. Prix Cazes-Brasserie Lipp, prix Mac-Orlan.

La guerre, mademoiselle, Éditions du Rocher, 2001. Prix littéraire de la ville d'Étretat.

La Belle Inconnue, Éditions du Rocher, 2000. Prix François-Billetdoux de la SCAM.

Prévert, les frères amis, Robert Laffont, 1997. Prix Goncourt de la biographie ; rééd. Albin Michel, 2008.

(*suite en fin d'ouvrage*)

JEAN-CLAUDE LAMY

GONZAGUE SAINT BRIS

Le dernier dandy

l'Archipel

Notre catalogue est consultable à l'adresse suivante :
www.editionsarchipel.com

Éditions de l'Archipel
92, avenue de France
75013 Paris

ISBN 978-2-8098-4132-9

« *Regarder la vie comme un bal masqué.* »

Stendhal

Préambule

« Nous sommes de l'étoffe dont sont faits les rêves. » Cette formule de Shakespeare pourrait être la devise de Gonzague Saint Bris, qui la cite dans *L'Enfant de Vinci*, roman autobiographique. Elle correspond à l'image romantique de l'écrivain qui reçut en 2002 le prix Interallié pour son précédent ouvrage, *Les Vieillards de Brighton*. Un roman inspiré de sa petite enfance en Angleterre où, consigné dans un asile de vieillards, il découvrit les pièces du grand dramaturge, en particulier *Hamlet*. Une révélation pour ce jeune garçon attiré par les géants de l'Histoire. Dans ses petits souliers vernis, il se voyait déjà enfiler des bottes de sept lieues bien lustrées.

Il faut dire que le comte Saint Bris respira très tôt l'air des sommets, ayant vécu au château du Clos Lucé, à Amboise. Un lieu toujours habité par l'esprit de Léonard de Vinci, dont la fabuleuse personnalité se rapproche de celle de Shakespeare : « Il était stupéfiant de penser que le grand Will et le maître toscan employaient les mêmes mots, disaient les mêmes phrases, pensaient les mêmes choses et allaient mourir le même jour. Le génie italien précédant de quatre-vingt-dix-sept ans le dramaturge anglais dans ses adieux. » En réalité, le peintre de *La Joconde* rédigea son testament le 23 avril 1519 et rendit l'âme le 2 mai, tandis que l'auteur de *Roméo et Juliette* est mort le 23 avril 1616. Léonard de Vinci avait soixante-sept ans au terme de son parcours terrestre, avant de rejoindre l'Olympe des génies universels.

Après l'épisode révélateur de Brighton, un autre événement allait bouleverser l'existence de Gonzague. Le jour de ses treize ans, il est autorisé par son père à dormir dans la chambre de Léonard. Ce symbolique cadeau d'anniversaire lui ouvre les portes d'un mystère qui le transformera à jamais en « enfant de Vinci ». De quoi vous emporter vers un monde insondable que l'adolescent va rêver de visiter, tel le Petit Prince de Saint Exupéry en quête d'une étoile lointaine.

La bibliographie de Gonzague Saint Bris, né à Loches en Indre-et-Loire, dans le pays d'Alfred de Vigny, son poète préféré, reflète cette vision des choses où la gloire des dynasties s'inscrit dans un univers incandescent. Ses œuvres – essais, romans, biographies – témoignent de ce goût pour les récits flamboyants, cherchant dans l'Histoire une « résurrection de la vie intégrale », comme disait Michelet. Cette histoire est donc véritablement poétique ; aux yeux de Saint Bris, elle apparaît également sous un éclairage fantastique. Les fantômes du passé se promènent, libérés de leurs entraves ; on s'y trouve dans l'attente d'événements surnaturels.

Au Clos Lucé, notre héros de treize ans, épris d'une mère très croyante qui voudrait que ses sept garçons deviennent des explorateurs du ciel et de la terre, impressionné par un père considéré comme un chevalier incarnant la France éternelle, finira par percer deux énigmes de Léonard : le « Codex perdu » et un tableau égaré. Guidé dans ses recherches par une vieille dame de compagnie et un antiquaire écossais, l'« enfant de Vinci » ne cessera jamais de s'interroger sur la grande question métaphysique que Michel Houellebecq a posée dans *La Possibilité d'une île* : « Qui, parmi vous, mérite la vie éternelle ? »

Ils rejoignent ainsi l'écrivain américain Howard Philips Lovecraft qui, dans l'attaque de *L'Appel de Cthulhu* (1928), lançait cet avertissement : « Les sciences, dont chacune tend dans une direction particulière, ne nous ont pas fait trop de mal jusqu'à présent ; mais un jour viendra où la synthèse de ces connaissances dissociées nous ouvrira des perspectives terrifiantes sur la réalité et sur la place effroyable que nous y occupons : alors cette révélation nous rendra fous, à moins que nous ne fuyions cette clarté funeste pour nous réfugier dans la paix d'un nouvel âge de ténèbres. » En préface de *La Bataille romantique*, Saint Bris réitère en 1980 ce sentiment d'inquiétude sur notre monde polaire, en écho à cette phrase de Bernanos : « Quand la jeunesse se refroidit, le reste du monde claque des dents. »

Pour y remédier, Gonzague Saint Bris nous renvoie à ses idéaux de rebelle romantique : « Les flammes de l'âme, de l'individu, du singulier, de la personne réchauffent un monde cadavérique qui n'entend plus du ciel que les tambours de l'atome. Le nom de Dieu, le nom de l'amour, le nom du sentiment, le nom de la fraternité peuple soudainement nos bouches et nos cœurs. Après le romantisme tragique du XIXe, voici venu le temps du romantisme radieux de l'an 2000. Les révolutions ratées font des romantismes réussis : Mai 1830 a fait Musset, comme Mai 1968 nous a faits. Mêmes thèmes, même aspiration, même idéal, même rêve, même révolte : les valeurs simples du retour à la nature et le respect de l'environnement, la liberté des rapports amoureux et le goût d'une certaine transcendance, l'individualisme mis en vedette dans une société de masse, l'épanouissement personnel incessamment évoqué, les chances de l'utopie, l'idéalisme exotique, la rébellion contre une civilisation mécanique, la mythologie de la mort et la passion sociale sont des arguments romantiques comme la domination de l'esthétique sur la politique, des sentiments sur la raison ; mouvement fondamental de la nouvelle jeunesse du siècle[1]. »

Installé à Paris dans un ancien atelier d'artiste du XIXe siècle au décor néogothique, il avait transformé ce lieu en un immense cabinet de curiosités. Ce bric-à-brac, qui aurait enchanté Cocteau ou Dalí, tournait autour de sa personne. Cet antre du rêve et de l'illusion correspondait à sa propre recherche existentielle. L'amour de soi n'était qu'un leurre. Souffrance et angoisses l'habitaient jour et nuit. Jusqu'à celle, tragique, du 7 au 8 août 2017, où il meurt dans un accident de voiture. Il avait soixante-neuf ans.

Gonzague était un personnage controversé qu'il fallait mettre en musique. Je croyais bien le connaître, mais, au terme d'une longue enquête, il m'est apparu sous des aspects inattendus.

---

1. Préface à Alain Louis Sire et Gilles Brochard, *La Bataille romantique*, Nouvelles Éditions Oswald, 1980.

Il restera à jamais l'enfant d'un paradis perdu, sous le masque d'une célébrité que l'Académie française n'a pas voulu recevoir. Cinq fois candidat à l'immortalité, l'aristocrate rebelle, saltimbanque érudit, est entré dans l'éternité de son propre imaginaire.

1

La chaleur du mois d'août est proche de la canicule. Indifférent à mon anniversaire – le 3 août 2017 a été celui de mes soixante-seize ans –, j'ouvre la télévision. Bla-bla d'une chaîne d'infos en continu. Soudain, une alerte annonce le décès de Gonzague Saint Bris. Victime d'un accident de la route en Normandie. Abasourdi par la nouvelle, j'ai du mal à comprendre. Gonzague ne conduisait plus. On lui avait retiré tous les points de son permis. La tête ailleurs, brûlant par inadvertance les feux rouges, pourquoi aurait-il repris le volant ? Son goût de la rébellion ?

Dans ma voiture, quand je le ramenais à Paris depuis Deauville, il s'installait sur la banquette arrière, commençait à raconter le sujet de son prochain livre, puis s'endormait en ronflotant. Arrivé devant son domicile, 5, rue Pelouze, dans le VIIIe arrondissement, l'écrivain et journaliste, membre comme moi du jury du prix littéraire Lucien-Barrière, décerné à Deauville pendant le Festival du cinéma américain, ouvrait un œil, bâillait en se passant la main dans les cheveux et se serait assoupi si je n'avais été là pour l'inviter à descendre. Levé à

4 heures du matin pour écrire quelques feuillets, il était un adepte de la sieste. Le soir, à une table d'hôte, il piquait du nez. Sa compagne lui donnait des coups de pied sous la table et le voilà qui reprenait le cours d'une conversation mondaine.

Ce 8 août 2017, je venais de perdre brutalement un ami de jeunesse que j'avais côtoyé à *France-Soir*, dans les années 1970. Nous y étions responsables des pages littéraires. Des auteurs, et non des moindres, se souviennent des notes de 0 à 20 que nous donnions à leurs ouvrages. L'académicien français Jean-Marie Rouart, un des meilleurs amis de Gonzague Saint Bris, en parle encore. À l'époque, nous ne faisions que reprendre l'idée des fondateurs de la revue *Tel Quel*, notamment Philippe Sollers, Jean-Edern Hallier, Jean-René Huguenin, qui appliquèrent un temps ce système de notation. Julien Gracq avait obtenu de justesse la moyenne !

Dans notre bureau, chaque semaine, Antoine Blondin venait écrire sa chronique sur un cahier d'écolier. D'un seul jet, sans une rature, tel un premier de la classe qui rend sa dissertation. Style impeccable, difficile à égaler[1]. Gonzague et moi assistions à un numéro de haute voltige littéraire. Il nous conviait ensuite à trinquer au zinc du bistrot Quasimodo, au pied du quotidien de Pierre Lazareff, 100, rue Réaumur, dans le IIe arrondissement, à l'emplacement de la cour des Miracles. Un deuxième verre de blanc avalé, Blondin montait dans un taxi pour rejoindre la rive gauche. Domicilié 72, rue Mazarine, il

1. Un choix de ses chroniques de *France-Soir* et de *L'Express* a paru dans un recueil, *Ma vie entre des lignes* (La Table Ronde, 1982).

était surtout chez lui dans l'arrière-salle du Rubens, le café d'en face, où sa photo encadrée trônait derrière le comptoir. À proximité de son modeste logement avec vue sur cour, le troquet Chez Juju était un autre refuge. Là aussi, son portrait a été accroché, un cliché d'Edouard Boubat datant de 1973.

Deux ans plus tôt, Antoine Blondin avait reçu le prix Prince Pierre de Monaco pour l'ensemble de son œuvre. Peu de temps avant sa distinction monégasque, il s'était confié à Gonzague Saint Bris, jeune journaliste au *Figaro* : « La vérité est que Nimier et moi n'avons pas abusé de la littérature : il a commencé par se taire pendant dix ans et moi pendant onze ans. *D'Artagnan amoureux* préludait à une remise en route de Roger, de même que je pense moi-même à un nouveau départ. » Des confidences de cet ordre, remarque son biographe Alain Cresciucci, Antoine Blondin en a suffisamment distillé pour que l'on sache quel crédit leur accorder. Celle-ci mérite pourtant que l'on s'y arrête : pour la première fois, il mentionnait *Le P. C. des maréchaux*. Au comptoir du Courrier de Lyon, il traçait les grandes lignes d'un projet à long terme : « Je me passionne pour l'Histoire large et je pense à un livre qui s'intitulerait *Le P. C. des maréchaux* – non pas le poste de commandement, mais vous savez, le train de la petite ceinture qui passe par les avenues des maréchaux d'Empire. Je m'arrêterai alors à chaque station, et en passant par les cafés qui portent leurs noms (le Soult, le Murat, etc.) j'évoquerai leurs personnages. Vous voyez, c'est encore une histoire de bistrots[1]... »

1. Cité par Alain Cresciucci, *Antoine Blondin*, Gallimard, 2004.

Le P. C. des maréchaux est resté lettre morte. Gonzague, lui, n'oubliera pas cette interview d'Antoine, un des déclencheurs de sa vocation de biographe des grandes figures de l'Histoire. Il quittera le Rond-Point des Champs-Élysées, siège du *Figaro* de Robert Hersant, après s'être heurté à André Brincourt, responsable des pages « Spectacles et Télévision », puis du *Figaro littéraire*. On racontera que l'auteur de *Qui est snob ?*, son premier ouvrage – un pamphlet paru en 1973 chez Calmann-Lévy –, eut l'outrecuidance de venir à l'Académie française avec son chien Kitsch, qui souilla un tapis de l'Institut, quai de Conti. Une « faute » impardonnable au pays des Immortels. Un certain nombre d'« habits verts », Mauriac en tête, collaboraient régulièrement au *Figaro*. Comme eux, le jeune Saint Bris avait eu les honneurs de chroniques en une. Son rival François-Marie Banier, dont le premier roman *Les Résidences secondaires, ou la Vie distraite* fut largement salué, en particulier par Aragon dans *Les Lettres françaises*, sera également publié en première page du *Figaro*.

Paradoxalement, c'est surtout un scoop qui valut à Gonzague son exclusion. Le 21 septembre 1972, Henry de Montherlant se tire une balle dans la gorge. Le célèbre académicien a laissé sur son bureau une lettre à l'intention de Jean-Claude Barat, son fils adoptif : « Mon cher Claude, je deviens aveugle. Je me tue. Je te remercie de tout ce que tu as fait pour moi. Ta mère et toi êtes mes héritiers uniques. Bien affectueusement. » Jean-Claude Barat confie à Gonzague Saint Bris une photocopie de ces quelques lignes qui seront reproduites dans *Le Figaro*. Rage d'André Brincourt, interlocuteur privilégié de

Malraux, l'un des trois « M » de Grasset avec Mauriac et Montherlant. Gonzague quitta le Rond-Point des Champs-Élysées la tête haute. Hubert Saint Bris, son père, diplomate qui l'avait introduit au *Figaro*, en fut mortifié.

Notre jeune homme est arrivé à *France-Soir* précédé par une réputation de brillant fantaisiste, doté d'une plume élégante. Ce n'était pas pour déplaire à Willy Guiboud, le rédacteur en chef des rubriques dont dépendaient les pages littéraires. On ne parlait pas encore du personnage *people* que deviendrait Gonzague Saint Bris au fil des années. « Il s'est perdu dans le parisianisme et le showbiz. Dommage. Cocteau avait des dons multiples, mais il était resté concentré sur son œuvre. Gonzague a trop papillonné », me dit Gabriel Matzneff qui dispersa, avec Jean-Claude Barat, les cendres de Montherlant, à Rome, sur le Forum, puis dans le Tibre. Il tient à ajouter : « Gonzague avait un fond de gentillesse. Il voulait aider ses amis. »

Séducteur insatiable qui plaît et agace selon les circonstances. Toujours aux aguets quand une jolie femme apparaissait. N'hésitant pas, en pleine rue, à se jeter aux pieds d'une belle inconnue en lui récitant des vers de Baudelaire ou d'Alfred de Vigny. En « romantique absolu », je l'ai vu vivre ses amours avec Inès de La Fressange, pas encore mannequin vedette, puis avec la future réalisatrice et écrivaine Catherine Breillat, sœur de l'actrice Marie-Hélène Breillat. Croquant les cœurs et les corps, avide d'être aimé. Pour épater la galerie et d'abord lui-même, il pouvait tout se permettre, quitte à perdre son crédit d'écrivain auprès d'une intelligentsia germanopratine qui déjà ne l'estimait guère.

Gonzague, ce clown ! « Gonzigue Saint Braque », comme l'avait baptisé *Le Canard enchaîné*. « Au *Canard*, nous l'aimions bien. C'était quelqu'un de gentil », rectifie André Rollin, ancien critique littéraire de l'hebdomadaire satirique, après avoir travaillé à *France-Soir* sous la houlette de Philippe Bouvard. Étant le deuxième d'une famille de sept garçons et d'une fille, Gonzague me considérait comme son « huitième frère » – il me l'écrivit en dédicace d'un de ses livres. Je l'ai sorti de ma bibliothèque en ce jour fatal d'une mort imprévisible.

« Que s'est-il passé ? On ne sait ! Un instant d'inattention et c'est l'accident. La voiture de sport fait une embardée, heurte un arbre avec fracas et va s'enliser dans les roseaux du lac, projetant les deux passagers hors du véhicule [...]. Ce jour-là, le 19 août 1936, le bonheur amoureux de la reine Astrid et de son mari, Léopold de Belgique, s'est fatalement interrompu. » Gonzague Saint Bris, du 14 juillet au 27 août 2006, sur l'antenne de France Bleu, raconte chaque jour une « Histoire d'été[1] ». La fin tragique de la reine Astrid – Léopold III, qui conduisait, ne fut que blessé –, survenue au bord du lac des Quatre-Cantons, en Suisse, me rappelle la sienne, dans la nuit du 7 au 8 août 2017, sur une route départementale du pays d'Auge.

« Que s'est-il passé ? On ne sait ! Un instant d'inattention et c'est l'accident. » Sa compagne Alice Bertheaume était au volant. Assis à côté d'elle – à la « place du

1. Récits repris en volume en 2007 aux éditions Télémaque.

mort » –, Gonzague n'a pas sa ceinture de sécurité. Il ne voulait jamais la mettre, se sentant privé de liberté. Mais, la plupart du temps, il suffisait d'attendre qu'il l'ait mise pour démarrer et tout se passait bien. La voiture a percuté un arbre. Les traces du choc sont encore visibles aujourd'hui. Dans le fossé, il reste de petits débris du moteur. Alice est indemne.

« Quand le jeune souverain ouvre les yeux après le choc, c'est la tragédie qu'il découvre : sa femme si belle, la reine Astrid, vient de périr dans l'accident », raconte Gonzague ce 19 août 2006, soixante-dix ans, jour pour jour, après le drame. Lorsque monsieur le comte Saint Bris perdit la vie, celle qui souhaitait l'épouser dit en pleurs : « On était très amoureux, on était très heureux. Je l'aimais. » Sa réussite et sa liberté l'éblouissaient. Fin d'une romance avec sa part de mystère. Il n'y a pas de bonheurs et de malheurs absolus.

« Vous le savez, avait-il déclaré à sa mère, je vaux mieux que tout ce que je laisserai… » En 2009, Gonzague avait présenté le petit livre de souvenirs d'Agnès Saint Bris[1]. « Avec elle, écrivait-il, tout souvenir a un avenir. Sa foi n'a d'égal que son amour de la vie. Si notre père est peint par cette phrase de Proust : "Le comble de l'intelligence, c'est la bonté", notre mère est tout entière dessinée par la devise des Saint Bris : "RIEN SANS AMOUR." »

1. *Belle est la vie*, Play Bac Biographies, Paris, 2009.

2

« Oh ! mon petit. » Ce sera l'unique réaction d'Agnès Saint Bris après avoir appris le décès de Gonzague. Avant que l'information ne circule sur les réseaux sociaux, son fils Edouard et sa fille Marie se sont chargés de lui annoncer la terrible nouvelle. « Maman, il est arrivé quelque chose à Gonzague, un accident de voiture… Il n'a pas survécu. » Malgré la peine immense qui la submerge, assise dans le fauteuil de sa chambre, la vieille dame ne dira rien de plus. Ayant quitté son petit appartement de la rue du Bac, où le danseur Nijinski avait habité, elle vit depuis plusieurs années à La Providence, 77, rue des Martyrs, une maison de retraite dont le grand jardin arboré fait le bonheur de ses pensionnaires. Un « coin de paradis » à Pigalle.

Comme chaque matin, dans la chapelle, ayant assisté à la messe et communié, elle laisse filer le temps en se plongeant dans ses souvenirs. Ses enfants lui rendent régulièrement visite. Au bras de sa mère, Gonzague aimait se promener dans le quartier, à la tombée de la nuit. Des prostituées la saluaient. « Ce sont mes copines », disait-elle à son fils, qui l'emmena une ou deux fois chez Michou, le cabaret de travestis situé tout à côté de La Providence. Michou, vêtu de bleu, sa couleur fétiche, leur offrait le champagne. Gonzague, amoureux inconditionnel du beau sexe, semblait fasciné par ces hommes déguisés en femmes. Sur la minuscule scène, de fausses Dalida, Sylvie Vartan, Mireille Mathieu, ou encore des caricatures ébouriffantes de Brigitte Bardot, France Gall, Chantal Goya faisaient le spectacle. Les « Michettes » de Michou...

Invité de Jean-Marie Rivière à l'Alcazar, rue Mazarine, Gonzague est un habitué de cet autre haut lieu parisien du transformisme et de l'illusion. Son travesti préféré : une extravagante Marilyn Monroe. « Marilyn te fait de l'œil ! », lui dis-je. Nous éclatons de rire devant Babette, cent kilos, en équilibre sur une balançoire. Elle fredonne « Poussez l'escarpolette ». Jean-Marie Rivière, comédien venu du Café des Arts à Saint-Tropez, anime un show inénarrable. Le maître de cérémonie peut se réjouir, c'est complet tous les soirs. Bernard Buffet, qui a peint le rideau de scène, son épouse Annabel, chanteuse et romancière, leur ami photographe Luc Fournol, assistent à chaque nouveau spectacle. Comme l'omniprésent Gonzague Saint Bris quand s'allument les lampions du Tout-Paris.

Pendant la semaine qui a suivi la mort de Gonzague, les survivants de la fratrie ont épaulé leur mère, dotée d'une foi inébranlable. Dieu décide. Elle a déjà perdu deux fils. Jean, l'aîné, est mort lui aussi dans un accident de voiture. Jacques, le sixième, mettra fin à ses jours. Seul moment de réconfort, la lettre de condoléances d'Emmanuel Macron faisant l'éloge de Gonzague.

« Le président de la République… ça alors ! », dit-elle en esquissant un sourire.

« Gonzague Saint Bris était à la fois un passionné et un passeur, écrit le chef de l'État. Passionné, il l'était de la France, de son histoire, de sa géographie et de son patrimoine, de ses grands hommes et de sa littérature. Tout au long de son existence, il n'a eu de cesse de mettre en lumière la singularité et le génie de notre pays. […] Cette exceptionnelle volonté de partager ce qui l'animait fait de lui l'un de nos plus illustres passeurs. »

En 2020, quand disparaîtra Bernard, le cinquième de ses garçons, on ne dira rien à Agnès Saint Bris, qui s'éteint sereinement à La Providence, entourée des siens, à l'âge de quatre-vingt-seize ans.

Née le 19 septembre 1924 à Tours, Agnès est la petite dernière. Huit frères et sœurs sont déjà venus au monde. Sa marraine, la marquise de Juigné, a choisi son prénom en hommage à sainte Agnès. Son parrain était l'archevêque de Tours. La petite Agnès n'a pas eu le temps de vraiment connaître son père, Armand Mame, emporté par une crise cardiaque le 23 octobre 1926. Elle n'a jamais non plus connu sa sœur Marie-Paule, décédée à l'âge de trois ans d'une insolation sur la plage de Biarritz.

La famille Mame, où l'on est des éditeurs de père en fils, fut son point d'ancrage historique et sa référence intellectuelle. Sur six générations, son arrière-grand-père, Alfred Mame, éditeur et l'ami d'Honoré de Balzac et d'Alfred de Vigny, fut certainement le plus célèbre. En 1850, année de la mort de Balzac à cinquante et un ans, le cousin d'Alfred, Ernest Mame, devenu maire de Tours, fit apposer une plaque commémorative sur la façade de la maison natale de l'auteur de *La Comédie humaine*. Armand Mame, arrière-arrière-grand-père d'Agnès, avait, quant à lui, soutenu Victor Hugo. Après la représentation du drame *Hernani*, en 1830, il lui fit signer un contrat pour publier la pièce controversée : sa contribution à la « bataille d'*Hernani* », qui opposait les « anciens », défenseurs des règles classiques, aux « modernes » désireux de s'affranchir des sacro-saintes unités de lieu, de temps et d'action. « Je suis heureuse que mon fils Gonzague l'écrivain ait ravivé cette tradition en étant dans les années 1970 le chef de file du mouvement des Nouveaux Romantiques[1] », écrira Agnès.

« Elle a quinze ans, précise son fils, quand éclate la guerre ; et c'est une âme vaillante qui, dans la propriété familiale de Chanceaux-près-Loches, va jouer son rôle en portant des messages à bicyclette au-delà de la ligne de démarcation. À vingt et un ans, elle rencontre l'amour en la personne d'Hubert Saint Bris, un ami de collège de son frère Roger, mais aussi et surtout un jeune lieutenant, héros du Bataillon de choc. Un amour de conte de fées… et ils eurent beaucoup d'enfants : six garçons, une fille, Marie, et encore un garçon, Henry. Une grande famille née en l'espace de quinze ans. Écrire, rêver et faire rêver, tel est le destin de cette jeune fille qui, à quinze ans, compose son premier recueil de poèmes : *La Folle de*

1. Agnès Saint Bris, *Belle est la vie*, *op. cit.* Gonzague Saint Bris fut à l'origine de ce mouvement créé à la fin des années 1970 avec Patrick Poivre d'Arvor, Brice Lalonde, Francis Huster, Étienne Roda-Gil et Frédéric Mitterrand.

Chantereine. Elle signera aussi un ouvrage de référence, le *Guide bleu du Val de Loire*, chez Hachette[1]. »

« Je n'ai jamais pensé que "mes" enfants étaient extraordinaires, que "mes" enfants étaient meilleurs que tout le monde, remarque Agnès Saint Bris. Je leur ai transmis ma confiance, le bon Dieu a fait le reste. Ils doivent peut-être à leur arrière-grand-père maternel, Alfred Mame, leur courage et leur enthousiasme, deux ingrédients fondamentaux, je le reconnais, pour réussir une vie. [...] Dieu [...] est pour moi comme un compagnon de route, à qui je parle tous les jours. Il me rassure, me fait tenir, me donne envie de continuer à vivre. Cela ne me fait pas craindre la mort pour autant. Quand mon heure viendra, c'est qu'Il l'aura décidé[2]. »

Agnès était persuadée de retrouver « de l'autre côté » ses chers disparus, en particulier son mari et ses fils, dont Gonzague, président-fondateur de La Forêt des livres[3]. Il lui avait remis les insignes de chevalier de la Légion d'honneur lors d'une cérémonie au château du Clos Lucé, à Amboise, jadis appelé le manoir du Cloux.

Édifié en 1471, acquis par Charles VIII le 2 juillet 1490 au prix de 3 500 écus d'or, le Clos Lucé fut pendant deux cents ans demeure royale et résidence d'été des rois de France. Sa façade de brique rose et de pierre de tuffeau correspond au style architectural du XVe siècle.

1. *Ibid.*, préface.
2. *Ibid.*
3. Créé en 1995, ce salon du livre en plein air, sous les arbres centenaires de la forêt lochoise, réunit en Touraine une centaine d'auteurs et attire des milliers de visiteurs.

La famille Saint Bris en est propriétaire depuis 1802. Au premier étage, la chambre de Léonard de Vinci, avec son lit Renaissance à baldaquin, sculpté de chimères, d'angelots et d'animaux marins, n'a cessé d'alimenter les rêves voluptueux de Gonzague. La Joconde au pâle sourire, une des femmes de sa vie ? Autant en emportent fantasmes et souvenirs…

Ceux de Michou, de son vrai nom Michel Catty, disparu à quatre-vingt-huit ans le 26 janvier 2020, furent dispersés lors d'une vente aux enchères d'Arcurial le 10 juillet suivant. Une collection de tableaux, essentiellement composée d'œuvres de Gen Paul et Bernard Lorjou, et de nombreux objets, y compris un ensemble de costumes et d'accessoires sortis de son dressing. Dans son « appartement de star », au dernier étage d'un immeuble Art déco de la Villa Dancourt, près du Sacré-Cœur, toutes les nuances de bleu étaient représentées. Même si le « papa » de la Grande Eugène, de Phosphatine, de Duduche et de Daphné, les fameux transformistes de son cabaret, avait toujours mené une vie en rose. « Tu vois, je ne suis pas pédale, mais je t'aime bien », lui avait un jour lancé Gen Paul, montmartrois de naissance. Michou, originaire d'Amiens, l'était devenu sans faire mystère de son homosexualité.

Le bruit courait parfois dans Paris que Gonzague Saint Bris préférait les garçons. Judith Belisha s'en amuse quand on lui rappelle que son ancien amant traînait cette réputation. « On disait ça, à l'époque, dès que quelqu'un était connu… et joli garçon ! Un ami homosexuel de mes parents, qui nous voyait toujours ensemble, avait soutenu mordicus à mon père que Gonzague était homo, ce à quoi j'ai répondu que s'il l'avait été j'aurais eu la paix ! »

L'écrivain et journaliste Jean Chalon se remémore un voyage de presse à Bendor, l'île de Paul Ricard, l'inventeur du pastis, amateur d'art et peintre du dimanche. « Dès notre arrivée, Gonzague Saint Bris s'est baigné à poil, suivi par Claudine Chonez, journaliste littéraire et poétesse. Je me souviens des petites fesses velues de Gonzague et de celles, plus opulentes, de Claudine. La nudité de Gonzague entrevue à Bendor n'avait rien de bien excitant… Il devait suppléer l'absence de beauté par le savoir-faire ! »

L'avocat et écrivain François Gibault[1], également sensible aux critères de beauté masculine, ne le trouve pas « beau gosse ». Contrairement à Robert Westhoff, dit « Bob », son ancien compagnon, qui fut le second mari de Françoise Sagan. « Dans l'intimité, il ne devait pas être un foudre de guerre », ironise Me Gibault. Réaction de Judith Belisha : « Il se trompe grandement ! Sur ce sujet, il me permettra de dire que j'en sais plus que lui… » Ne demandons pas au Gonzague du Clos Lucé de ressembler à l'*Homme de Vitruve*. Ce dessin de Léonard de Vinci, réalisé vers 1490, est censé représenter l'homme idéal, de proportions parfaites.

Lundi 4 juin 2018, à l'Hôtel Drouot, salles 10 et 16, les objets de Gonzague Saint Bris sont mis en vente.

1. Spécialiste de Louis-Ferdinand Céline, il lui a consacré une biographie en trois volumes. Candidat à l'Académie française en 2001 et 2007.

Au marteau, Me Alexandre Millon. « Chez moi, chaque pièce est façonnée comme un chapitre, de sorte que ma maison soit un roman », avait écrit l'historien et romancier. L'intitulé du catalogue le confirme : « Le roman des objets de Gonzague Saint Bris. » Jean-Marie Rouart annonce la couleur d'une vacation surprenante. « Gonzague Saint Bris aimait les objets parce qu'il aimait l'Histoire et les histoires qui l'accompagnent et l'illustrent. Grâce à eux le passé devenait vivant. Ils étaient les messagers du temps révolu, les signes qui l'aidaient à décrypter le mystère de ces curieux animaux humains. [...] Puissent ceux, conclut-il, qui se porteront acquéreurs de ces souvenirs avoir longtemps présent à l'esprit qu'ils ont appartenu à un être d'exception et communier longtemps à travers eux avec son âme immortelle. »

Tous ces objets provenaient de sa demeure située 5, rue Pelouze, dans le VIIIe arrondissement. Cet atelier d'artiste aux grandes baies vitrées aurait été édifié sur l'emplacement de la maison de Casanova. Plus sûrement, l'atelier fut occupé dans les années 1940 par les studios Pelouze, où le guitariste Django Reinhardt enregistra quelques titres. En 1885, l'artiste Octave de Champeaux y habita ; puis Pierre Lagarde, également artiste peintre et l'un des directeurs de l'Opéra de Paris en 1910. Au numéro 10 de la rue Pelouze, séjourna Jean-Baptiste Pancrazi, un anarchiste, membre de la bande à Bonnot.

Au cours des soirées qu'il organisait, Gonzague Saint Bris racontait à ses convives l'histoire de son environnement en citant Delacroix : « Je veux que le lieu que j'habite, que les objets qui sont à mon usage me parlent de ce qu'ils ont vu, de ce qu'ils ont été, et de ce qui a été avec eux[1]. » Savait-il que le chimiste Théophile-Jules Pelouze (1807-1867), dont le patronyme a été donné à la rue, figure parmi les soixante-douze noms de savants inscrits sur la tour Eiffel ? Pouvait-il également ignorer qu'Edmond Pelouze, le père de Théophile, mort à Paris en 1847, fut directeur des Forges du Creusot ? Avec lui, on entre de plain-pied dans la famille Mame, alliée aux Schneider, maîtres de forges. Et ce, depuis le mariage d'Armand Mame avec Marie-Élisabeth Schneider, dont le père Paul-Henry fut maire de Chanceaux-près-Loches.

On n'échappe pas à son passé !

1. Eugène Delacroix, *Journal*, 18 mai 1850.

3

Attablé devant un verre, un personnage s'exclame : « Gonzague est un seigneur ! » Ce dessin au feutre de Wolinski, signé et daté de 1997, avait tant plu à Gonzague Saint Bris qu'il en fit sa carte de visite. Lot 88 de la vente à l'Hôtel Drouot, il a été acheté au téléphone par son frère Edouard. Aucun membre de la famille Saint Bris n'était présent dans la salle. Certains étaient passés la veille, lors de l'exposition. Anonymes au milieu d'une foule de curieux.

Alexandre Millon, le commissaire-priseur, a estimé l'ensemble des quatre cent quatre lots à 55 000 euros. Ces objets n'avaient, pour la plupart, qu'une valeur affective. Il comptait jouer sur la corde sensible des acheteurs. « Le marché de l'art échappe souvent à toute raison. C'est ce qui fait sa magie, remarque Béatrice de Rochebouët, journaliste au *Figaro*. Parce qu'elle est auréolée d'un nom, une collection peut tout à coup flamber ». Celui de Gonzague parlait à tous.

L'atelier d'artiste, au 5, rue Pelouze, avait bonne réputation. Lorsqu'on poussait les lourdes doubles portes ornées de poignées en couronne comtale, on franchissait la frontière d'un monde irréel. Romanesque en diable. Il faillit être acheté par Yves Berger, prix Femina en 1962 pour son premier roman, *Le Sud.* « Malheureusement, c'était trop grand pour nous deux », me dit sa femme Marie-Claire. Son mari, disparu en 2004, influent directeur littéraire et éditeur de Grasset, fut à la manœuvre lorsque Gonzague obtint le prix Interallié, en 2002, pour *Les Vieillards de Brighton.* « Contrairement à ce qu'on racontait, précise son épouse, Yves n'a jamais versé d'enveloppe aux jurés des prix. En revanche, il était aux petits soins avec les plus âgés, s'occupant parfois de leur vie quotidienne. »

Ce lieu atypique a toujours inspiré ses différents propriétaires. Ancien domicile de Rémy Le Fur, autre grand marteau de Drouot, celui-ci le vendit à Gonzague Saint Bris en 2002. « Rémy en avait fait un écrin pour marier les objets insolites dans une ambiance féerique de conte de Noël », se souvient Béatrice de Rochebouët. Gonzague le transforma en ce qu'il appelait un « bric-à-brac à la Balzac ». Ou encore sa « balzacomanie ». Son musée imaginaire.

Murs tapissés de lettres et de photos encadrées. Pêle-mêle, Baudelaire et Serge Gainsbourg, Michael Jackson et le prince Charles, Johnny Hallyday, Mick Jagger, Alain Delon, Maurice Druon et Jacques Chirac, parmi des dessins de Siné et de Reiser. Sous les marches de l'escalier, sur les portes des placards, des messages laissés par les invités d'un soir. Petits mots signés Inès de La Fressange, son amour de jeunesse, Gérard Depardieu, Daniel Filipacchi, Doc Gynéco, Karl Lagerfeld, Claire Chazal ou encore Patrick Poivre d'Arvor, un des acolytes du mouvement des Nouveaux Romantiques. Sans oublier Louis Sarkozy qui, le 21 mars 2017, a inscrit au feutre rouge : « Merci de m'avoir enfin prouvé que les génies existent vraiment... » Plutôt que d'ouvrir un livre d'or, Gonzague Saint Bris trouvait plus amusant de conserver des traces écrites des personnalités avec lesquelles il se faisait photographier.

Poursuivons la visite. Sa table d'écrivain est une réplique du bureau du marquis de La Fayette au château de Chavaniac. Devant un lit à la polonaise qui aurait appartenu à George Sand, il confiait au visiteur : « Le jour, c'est ici que je m'allonge et dicte mes livres à ma secrétaire. » Une mezzanine donne sur sa monumentale bibliothèque. Elle brûlera en partie lors d'un incendie. Au centre de la coursive, un panneau agrémenté d'une grande glace, surmontée de la devise des Saint Bris : « Rien Sans Amour. » Elle abritait un « *kiss me quick corner* », comme Victor Hugo en possédait un à Hauteville House. Combien de baisers volés ?

En déambulant dans le salon, on rencontre également le pupitre d'Alexandre Dumas lorsqu'il était clerc de notaire à Villers-Cotterêts, un autel et son tabernacle qui aurait servi au baptême d'Alfred de Vigny, la banquette de théâtre qui aurait été témoin d'un fou rire de la comtesse de Ségur, le service à liqueur de Lord Byron, la loupe offerte par Maxime Dupin à son ami Gustave Flaubert. Dans un coin, un pan de mur était dédié au marquis de Sade, auquel Gonzague Saint Bris a consacré un livre. Un buste de Molière acheté chez un antiquaire d'Audierne, en Bretagne, a rejoint un alignement de statuettes à l'effigie de Léonard de Vinci, Tolstoï, Shakespeare, Chopin.

« Le grand luxe aujourd'hui, disait-il, c'est d'être de plain-pied dans toutes les époques. »

Dans ce royaume de l'accumulation, Gonzague Saint Bris est le prisonnier de ses rêves d'enfant, mais aussi d'une image narcissique. Se reconnaît-il lui-même dans cette maison d'écrivain en trompe-l'œil ? Au cours d'une émission à Europe 1, Isabelle Morizet lui rappelle sa traversée à la nage du Grand Canal de Venise, en plein carnaval, comme Lord Byron. « C'est une excentricité, du snobisme, une forme de romantisme exalté ? » Réponse : « Au lieu de pratiquer un sport, je réalise des exploits, par exemple faire du vélo sur la plus haute coupole de l'Opéra de Paris. » *France-Soir* publia en une la photo de cet « exploit », que l'on retrouve en couverture du catalogue de la vente « Le roman des objets de Gonzague Saint Bris ». L'événement avait été mis en scène par son frère Edouard, proche collaborateur de Pierre Cardin. Gonzague, en tenue Cardin, roule sur un mini-vélo griffé Cardin ! Le mannequin Kirat Young, future égérie d'Yves Saint Laurent, le rejoindra ensuite pour un autre shooting commandé par le couturier.

D'origine italienne, cet homme d'affaires avisé – sous forme de franchises, sa marque fera sa fortune – est propriétaire du palais de Casanova à Venise, du château du marquis de Sade à Lacoste (Vaucluse), de l'immeuble de Maxim's, rue Royale. Gonzague Saint Bris et François-Marie Banier, qui fut son attaché de presse, l'ont toujours heureusement surpris. Il n'était pas insensible à leur charme naturel et au culot d'une jeunesse attrayante. Comme eux, il n'avait peur de rien. Forcément, ça agace. Il avait déclaré à *La Gazette Drouot*, l'hebdomadaire de ventes aux enchères, son regret de ne pas avoir eu d'enfant avec la comédienne Jeanne Moreau. Parallèlement, il assumait son homosexualité. La mort en 1993, des suites du sida, d'André Oliver, son assistant et partenaire commercial, fut un drame intime. En 1972, dans l'émission de télévision « Italiques », il avait débattu avec Gonzague Saint Bris et Jean d'Ormesson du retour du dandysme.

J'étais assis près de lui à l'une des soirées que Gonzague organisait rue Pelouze. Des rangées de chaises ont été installées dans le grand salon. La quarantaine d'invités ayant gagné leur place après avoir goûté au champagne du maître des lieux, celui-ci rejoint la mezzanine du premier étage. Le spectacle peut commencer. Les multiples facettes du conteur tiennent en haleine un public amical et séduit d'avance. Le one-man-show va durer plus d'une heure. D'une voix forte, détachant les syllabes pour mieux souligner les intentions, il raconte l'histoire des objets qui nous entourent. Voyage dans le temps. Fulgurances d'un boulimique d'anecdotes qui prend la pose. On pense parfois à la grandiloquence d'un Salvador Dalí. À Edmond Rostand, qui déclamait depuis son balcon de la villa Arnaga à Cambo-les-Bains. Mon voisin Pierre Cardin, comme David de Rothschild et Bethy Lagardère, applaudissent la performance.

Je me demande si Gonzague, le couche-tard qui se lève tôt, trouvera cette nuit la force de noircir trois feuillets de son écriture au tracé singulier. « Cela fait mille pages par an que je dicte ensuite à ma collaboratrice Marie-Claude Mahiette ou à ma secrétaire Nadine Théret. » Également toujours prêt à sortir un carnet de sa poche – certains à ses initiales couronnées – afin de noter une idée, de relever une citation, une pensée, une réflexion. Par exemple, après une visite à Julien Gracq ou ses voyages au Sahara, au printemps 1980, à New York et aux États-Unis en 1986 et 1990. À l'Hôtel Drouot, plusieurs lots seront proposés, chacun entre 80 et 250 euros.

Très convoité aussi, un coffre recouvert de velours contenant de très grands feuillets manuscrits. Articles, discours, conférences, chapitres d'ouvrages traitant de personnages historiques ou contemporains. En vrac, Jeanne d'Arc, George Sand, *Le Goût de Stendhal*, Marquis de Sade, Voltaire, *Les Romans de Venise*, Rosa Bonheur, François Ier, la famille Mame, La Fayette, Louis XI, Balzac, Henri IV, Musset, Juan Carlos, Mazarin, Alexandre Dumas, les Goncourt, une interview de Françoise Chandernagor, prince Eugène Bonaparte, la Malibran, Jules Verne, Léonard de Vinci, Michael Jackson, les épreuves non corrigées de *Déshabillons l'Histoire de France*. Un ensemble hétéroclite estimé 400 euros. Des anonymes qui ont échangé quelques mots avec l'écrivain dans un salon du livre feront monter les enchères, le cœur battant.

Quand on aime, on ne compte pas. C'est particulièrement vrai pour Judith Belisha, assise au premier rang en compagnie de Thierry Taittinger, fidèle ami de Gonzague. Ce dernier lui demanda un jour de le rejoindre pour une séance photo au Palais-Royal : « Je t'ai choisi car tu es mon meilleur ami. » Surprise de Thierry Taittinger en voyant arriver Jean-Marie Rouart. Saint Bris, pas avare de compliments, lui avait dit la même chose ! Ses nombreuses conquêtes féminines recevaient souvent des billets d'amour identiques, chacune ayant l'impression d'être l'heureuse élue. Pour certaines, le donjuanisme de Gonzague aura été destructeur. Alors que d'autres continuent de voir en lui le prince charmant de leur vie.

Judith attend avec impatience les lots 116 et 198. Quitte à faire une folie, elle ne les laissera pas partir. Le premier est une photo du chien Dickens par Helmut Newton. « Gonzague adorait les animaux. Il disait être le père de Dickens. Mais c'était mon chien ! Nous étions à une terrasse de café à côté des Champs-Élysées. Passe Helmut Newton. Connaissant Gonzague, il s'assoit avec nous pour prendre un café. Charmé par Dickens, il lui a mis ses lunettes de soleil et l'a photographié. Quelques jours plus tard, il déposa la photo chez son ami avec cette dédicace : "*For Dickens, the most intello dog on the Champs.*" J'ai fini par remporter l'enchère. Un comble car cette image m'appartenait ! »

Le deuxième lot que convoite Judith Belisha est un panneau en bois surmonté d'une couronne ducale portant la devise « Rien Sans Amour » que Gonzague Saint Bris avait fait sienne. Estimé entre 20 et 30 euros, il lui en coûtera 6 500 pour repartir avec ce « trésor », inestimable à ses yeux. « Ce fut une vraie bataille, raconte-t-elle, ou les sentiments l'emportaient sur la raison, avec les exclamations et encouragements de la foule. Quelle ambiance ! J'avais l'impression que mon bras se levait tout seul. Je ne sais plus dans quel journal, quelqu'un a écrit : "Fallait-il qu'il y ait de l'affect dans cet acte d'achat pour débourser une telle somme." Rien sans amour en effet ! »

« *Nihil sine amore* » a été la devise des Saint Bris jusqu'à ce que Marthe de Maupas (1844-1918), l'arrière-grand-mère paternelle, la remplace par « Dieu avant tout ». On retrouve « Rien Sans Amour » inscrit sur un vase d'Émile Gallé (1846-1904), vendu également lors d'une vente aux enchères. Aurait-il appartenu à la famille de Gonzague ? Thierry Taittinger s'est offert à Drouot la valise Louis Vuitton en cuir de Gonzague, monogrammée « GSB » avec la couronne comtale, entièrement recouverte d'autocollants divers et d'étiquettes d'hôtels du monde entier. Notre Phileas Fogg collectionnait les cannes et les stylos gravés à ses initiales. Thierry est reparti avec son *makila*, canne d'honneur traditionnelle basque frappée de la devise « *Dena amadioarentezat* » (signifiant « Rien sans amour » en langue basque).

Quel amateur a été tenté par une canne-épée à pommeau en métal à tête d'aigle ? Gonzague Saint Bris racontait qu'elle avait appartenu à Balzac. Ce cadeau de Jean-Marie Rouart n'avait aucune valeur historique, m'a confirmé l'académicien, bretteur dans l'âme. Un coup d'épée dans la vie rêvée d'un Rastignac !

L'intégralité des quatre cent quatre lots appartenant à l'écrivain a été adjugée 190 000 euros. Le triple des estimations. Thierry Taittinger fera cette constatation : « J'ai été frappé de voir que les enchérisseurs étaient en majorité des inconnus. Les “amis” médiatiques de Gonzague n'étaient pas là… »

4

Ce lundi 4 juin 2018, Alice Bertheaume est entrée à l'Hôtel Drouot sans se faire remarquer. Le journaliste Jean-Claude Narcy, ancien présentateur du Journal de 20 heures sur TF1, l'escorte discrètement. Ils n'assisteront pas à la totalité de la vente. « Le roman des objets de Gonzague Saint Bris » s'inscrit dans leur histoire commune. Narcy et Saint Bris aimaient la Touraine, leur terre natale. Ils appartiennent l'un et l'autre à une famille nombreuse. Jean-Claude est l'aîné de cinq frères et deux sœurs. Né en janvier 1938 à Tours, le pays de Balzac, il a exactement dix ans de plus que Gonzague, né en janvier 1948 à Loches, le pays d'Alfred de Vigny.

Ce défenseur de la langue française anime depuis août 2010 le « Colloque culturel » du matin de La Forêt des livres. Commandeur de la Légion d'honneur, commandeur de l'ordre national du Mérite, commandeur des Arts et des Lettres, il a été fait colonel de réserve de l'armée de l'Air et sera nommé légionnaire d'honneur de première classe. Lui qui n'a publié qu'un seul livre, *Une vie en direct*, chez Lattès, un des éditeurs de Gonzague, recevra ses galons du général Bouquin ! Également officier du Mérite agricole, Jean-Claude Narcy cultive sa belle prestance d'octogénaire.

À son bras, Alice, quarante et un ans, qui travaille dans l'immobilier de luxe, s'émerveille. Comme Gonzague Saint Bris, son nouvel ami est également un conteur. Il sait cacher ses souffrances derrière des flots de paroles. Son épouse Fabienne, décédée en 2010, a été le pivot de sa vie pendant plus de quarante ans. Aujourd'hui, il apparaît en garde du cœur de la dernière conquête de l'écrivain, disparu il y a moins d'un an.

Durant la semaine qui a précédé l'accident, Gonzague s'était confié à plusieurs personnes de son entourage sur sa relation avec Alice Bertheaume, devenue trop conflictuelle. « Cela va mal se terminer », disait-il, visiblement perturbé. Alice montrait ostensiblement sa « bague de fiançailles » achetée chez Swarovski, créateur de bijoux fantaisie. Ce caillou en cristal taillé était-il l'annonce d'une union légitime ? Gonzague, libertin vieillissant, ne l'a jamais envisagée. On ne lui passerait plus la bague au doigt. En 1979, son mariage en grande pompe avec Clémence de Lasteyrie du Saillant, nièce du président Valéry Giscard d'Estaing, avait été un échec. Plus question d'avoir la corde au cou. Être libre jusqu'à son dernier souffle.

Fin juillet 2017, Jean-Claude Narcy et Gonzague Saint Bris assistent au jumping international de Dinard. Sous un soleil voilé, ce concours de saut d'obstacles accueille au stade du Val Porée cent soixante-dix cavaliers et trois cent vingt chevaux représentant vingt et une nations. C'est un spectacle que les deux amis apprécient en connaisseurs. Alice Bertheaume, amatrice de sport équestre, en particulier les matchs de polo, a accompagné Gonzague, vêtu de bleu comme Jean-Claude. Une photo parue dans *Le Télégramme*, le 8 août 2017, les montre ensemble. Elle illustre l'article sur la mort brutale de l'écrivain.

Accablé, Jean-Claude Narcy se rappelle cette journée du dimanche 30 juillet auprès d'« un homme de cœur et le dernier des romantiques ». Il l'avait invité dans sa maison du Minihic-sur-Rance, son port d'attache entre Dinard et Dinan, où Gonzague avait effectué son service militaire au 11e RAMa, régiment d'artillerie de marine héritier des « compagnies ordinaires de la mer » créées en 1622 par le cardinal de Richelieu, fondateur de l'Académie française en 1635. L'ancien présentateur du journal télévisé et commentateur de grands événements télévisés avec Charles Villeneuve, tels le 14 juillet, les anniversaires du Débarquement en Normandie, le passage à l'an 2000, s'était vu attribuer en 1995 le prix Richelieu récompensant un journaliste ayant témoigné, « par la qualité de son propre langage, de son souci de défendre la langue française ».

Arrivé au Minihic, Gonzague Saint Bris se jette dans la Rance. L'eau l'attire irrésistiblement, quels que soient le temps ou la saison. Ce court séjour lui permet, toujours à l'affût d'anecdotes, de s'informer sur deux personnages liés à l'histoire de la petite commune bretonne d'Ille-et-Vilaine. Ainsi apprend-il que William Dickson, un Britannique, inventeur et pionnier du cinéma, y est né en 1860. Il découvre également que Philippe de Dieuleveult repose dans le cimetière du Minihic. Benjamin d'une fratrie de sept garçons, marié à Diane de Torquat, une descendante du corsaire Surcouf, il s'était fait remarquer par son goût de l'exploit. Sa fulgurante carrière télévisuelle et une disparition mystérieuse au cours d'une expédition sur le fleuve Zaïre, le 6 août 1985, à trente-quatre ans, l'avaient fait entrer dans la légende des aventuriers. Son appartenance aux services de renseignement français laisse penser qu'il aurait pu être assassiné. Avec les vies de William Dickson, premier réalisateur de films, et de Philippe de Dieuleveult, l'intrépide journaliste dont la salle des fêtes du Minihic-sur-Rance porte le nom, Gonzague Saint Bris a de quoi alimenter son imaginaire de chroniqueur à la radio.

« Que s'est-il passé ? On ne sait ! Un instant d'inattention, et c'est l'accident. » Cet été 2006, la voix de Gonzague est au rendez-vous des auditeurs de Francc Bleu. Certains l'écoutaient déjà sur Europe 1 quand il animait « La Ligne ouverte », entre minuit et une heure du matin. Le navigateur Olivier de Kersauson, un de ses auditeurs de l'époque, écrira à son sujet : « Il est l'un des rares êtres qui me rappellent cette phrase de l'écrivain américain Henry David Thoreau : “Quand un homme marche à un autre pas que ses compagnons, c'est qu'il entend un autre tambour.” Durant toute sa carrière, Gonzague a eu l'extrême politesse de s'intéresser constamment aux autres. Il l'a toujours fait avec un grand talent et c'est ce qui est joli[1]. »

Fidèle à sa devise, « Rien Sans Amour », Gonzague s'est toujours posé la question : « Qu'est-ce que l'amour ? »

1. Olivier de Kersauson, préface à Gonzague Saint Bris, *Sur les pas de Jules Verne*, illustrations de Stéphane Heuet, Presses de la Renaissance, 2005.

Sur son blog, il répond en s'interrogeant : « Une fulguration ? Une reconnaissance réciproque soudaine et silencieuse ? Un éblouissement ? La certitude qu'on vient de décacheter le flacon qui contient le parfum du bonheur ? Un sentiment flou que la jalousie va fixer ? » Sa vision romantique lui fait dire : « Il y a sur cette terre plusieurs sortes d'amour. Celui qui obsède les humains, c'est l'amour à deux, en tête à tête, la recherche du couple idéal. Il y a aussi quelques Terriens qui ont des rêves célestes. Ils vous parlent, ils vivent et ils pratiquent l'amour en général. L'amour en général, c'est du matin au soir être ouvert à tous les autres, à ceux que l'on connaît comme à ceux que l'on ignore. C'est prendre chaque rencontre, spontanée ou fortuite, comme un signe du destin. C'est montrer à l'égard de son prochain la plus grande attention. C'est pratiquer la compassion au point de comprendre complètement cette phrase de Marcel Proust : "Le comble de l'intelligence c'est la bonté."[1] »

Les prénoms de jeunes femmes défilent dans la tête de Gonzague Saint Bris. Le long générique d'un film dont il est la vedette. Quel est le rôle d'Alice ? Au volant de sa voiture, sur la route départementale 675, elle conduit à plus de cent à l'heure, alors que la vitesse est limitée à quatre-vingt-dix. Gonzague s'est-il assoupi ? Enfermé dans son ultime rêverie. La mort l'attend sur la commune de Saint-Hymer.

« Que s'est-il passé ? On ne sait ! Un instant d'inattention, et c'est l'accident. » Alice Bertheaume a prétendu

1. « L'amour ? Ce souffle qui vous anime. Ce visage qui est votre infini », gonzaguesaintbris.over-blog.com, 8 février 2012.

avoir cherché à éviter un renard. Le 8 août, à 10 heures du matin, elle converse avec Marie-Claude Mahiette, proche collaboratrice de Saint Bris, qui lui demande :

« Alice, que s'est-il passé ?

— C'est horrible, je l'ai tué, je l'ai tué.

— Non, ne dites pas cela, vous n'y êtes pour rien, mais qu'est ce qui a provoqué cet accident ?

— J'ai vu un renard et j'ai voulu l'éviter. J'ai perdu le contrôle de ma voiture.

— Et vous, comment allez-vous ? Êtes-vous blessée ?

— Je ne sais pas, j'attends les résultats du médecin. »

Le lendemain, Alice Bertheaume est sortie indemne du Centre hospitalier Robert-Bisson de Lisieux. Gonzague a rendu son dernier soupir dans l'ambulance des pompiers. Qui avait appelé les secours ? Alice ne s'en souvient pas. Mais elle n'a pas oublié la violence du choc. Jean-Jacques Mercier, ancien restaurateur à Pont-l'Évêque qui habite à environ trois cents mètres, fut réveillé par un grand bruit aux alentours de minuit. Il a compris que c'était un accident quand les secours sont arrivés au bout de vingt minutes.

Une partie du moteur a été éjectée, ainsi que les occupants de la voiture. Guy Bertheaume, le père d'Alice, ira récupérer la valise de Gonzague chez Central assistance 14, la société de dépannage de Pont-l'Évêque qui a remorqué le véhicule. Il la remettra à sa fille à sa sortie de l'hôpital. Les médias ont annoncé qu'elle était grièvement blessée. En réalité, Alice s'est tirée de l'accident sans une égratignure. Le dimanche 27 août, je l'ai constaté moi-même lors de la 22e édition de La Forêt des livres.

Elle est venue me saluer à mon stand. Lunettes noires et robe blanche : son deuil était éclatant.

Le journaliste Gilles Brochard, à qui Gonzague avait proposé d'écrire *La Bataille romantique* qu'il préfaça, fait ce commentaire : « Gonzague Saint Bris a sans doute rêvé, secrètement, d'une mort à la Nimier ou à la Camus, au bord d'une route, un soir sans lune. Il faudrait ajouter le nom de Jean-René Huguenin, cet autre mousquetaire qu'il aurait aimé connaître, l'auteur de *La Côte sauvage*, qui lui aussi se tua, mais trop jeune, dans un accident de voiture, l'empêchant d'accomplir son œuvre. Il faudrait parler de la fraternité de ces écrivains, accidentés involontaires qui vivent à 200 à l'heure dans la vie et qui brutalement achèvent leur destinée sur terre en laissant leurs lecteurs comme des orphelins hébétés. »

Gonzague Saint Bris aurait pu prendre à son compte cette sentence d'Huguenin, consignée dans son *Journal* : « Ceux qui sont pour la vie acceptent aussi de devoir mourir. »

5

« Il faisait chaud, j'ai bu un verre de cidre. » Ce mardi 15 mai 2018, Alice Bertheaume revient en détail sur sa dernière journée passée aux côtés de Gonzague Saint Bris. Dix mois après la mort de l'écrivain, elle est jugée pour homicide involontaire par le tribunal correctionnel de Lisieux. Sa Renault Laguna s'était encastrée dans un arbre le long de la RD 675 à Saint-Hymer. Le contrôle technique n'était plus valable depuis un an. Toutefois, les défauts d'usure relevés sur le véhicule ne sont pas à l'origine de l'accident.

Peu après le drame, la conductrice avait été contrôlée avec 0,8 gramme d'alcool dans le sang. Selon l'instruction, la quadragénaire aurait également bu du vin au cours du dîner chez Miocque, le restaurant de Deauville. « Mme Bertheaume a à peine trempé ses lèvres tant il était imbuvable », souligne Me Georges Lacoeuilhe, son avocat. À la barre, Alice, qui vient de fêter son quarante et unième anniversaire, assure n'avoir que peu de souvenirs du choc. Dans un virage, elle aurait voulu éviter un renard qui s'est « figé » dans ses phares. « Après, c'est le trou noir. Je me souviens d'avoir froid, on s'agite autour de moi. »

Selon l'avocat de la défense, la mort de Gonzague Saint Bris est due à l'absence du port de la ceinture. « Je ne veux pas l'incriminer, mais il est d'une génération où le port de la ceinture n'était pas systématique. » « Il lui arrivait de l'enlever pour téléphoner ou se mettre à l'aise », précise la prévenue. Me Lacoeuilhe fait remarquer que les personnes interrogées dans le cadre de l'enquête ont décrit sa cliente comme « prudente et raisonnable ». « Elle boit très rarement et, au volant, elle respecte les limitations de vitesse. Mme Bertheaume n'a jamais eu d'accident », déclare-t-il, attestation d'assurance à l'appui.

Dans la salle d'audience, Judith Belisha, le photographe Pierre Schwartz et Jean-Claude Narcy, qui prend des notes. Lucie Robin-Lesage, substitut du procureur David Pamard, a requis six mois de prison avec sursis. C'est la peine à laquelle Alice sera condamnée, avec suspension du permis de conduire pendant huit mois. Elle ne fera pas appel de la décision du tribunal. La famille de Gonzague Saint Bris ne s'était pas portée partie civile. Aucune demande de dommages et intérêts n'a donc été formulée. Une autopsie sera pratiquée. Le corps de Gonzague est inhumé au cimetière d'Amboise, le 14 août 2017. Sans les bijoux qu'il portait en permanence : deux bagues, dont sa chevalière armoriée et des pendentifs avec une croix en argent. On ne les a jamais retrouvés.

Gonzague Saint Bris ne faisait pas mystère de sa foi catholique. Interrogé par la journaliste Emmanuelle Dancourt sur la chaîne KTO, dans l'émission « V.I.P. », il avait évoqué ses insignes autour du cou. « C'est un sondage qui m'a convaincu d'afficher mes croyances. 75 % des persécutions religieuses dans le monde sont à l'encontre des chrétiens. En l'apprenant, j'ai décidé de choisir mon camp. Il fallait que l'on voie ce à quoi je crois. »

Le 7 août 2017, l'écrivain est arrivé en gare de Trouville-Deauville à 15 h 56, en provenance de Paris-Saint-Lazare d'où il était parti à 13 h 44. Alice Bertheaume l'attendait sur le quai en compagnie de Véronique et Olivier Maurey. Véronique est la conceptrice et organisatrice de la Cow Parade, une manifestation à laquelle Gonzague avait apporté son concours. Des sculptures de vaches, customisées par des artistes, deviennent œuvres d'art. Exposées dans le square François-André, devant l'hôtel Normandy, elles seront vendues aux enchères au profit d'une association caritative. Pour une bonne cause, Gonzague Saint Bris répondait toujours présent. Sa gentillesse et une générosité naturelle relevaient d'un état d'esprit que lui avaient inculqué ses parents. L'égocentrisme de Gonzague et ses sautes d'humeur n'étaient plus de mise. « Il fallait franchir un mur d'agacement pour découvrir sa vraie personnalité », dit Jean-Marie Rouart.

À Deauville, il avait choisi de mettre à l'honneur son ancêtre, le général Louis Charles Antoine Desaix, mort à Marengo le 14 juin 1800. Devant sa vache baptisée « veau Marengo » et décorée avec le portrait de l'aïeul, l'écrivain narrait, à qui voulait l'entendre, la genèse du plat préféré de Napoléon Bonaparte, Premier consul lors de la bataille. Cette recette de poulet aux oignons et aux champignons dans une sauce au vin et à la tomate a connu plusieurs déclinaisons selon les viandes utilisées, tel le sauté de veau Marengo.

Les plats en sauce ont toujours eu la préférence de Gonzague. Chez Miocque, la célèbre table de la station où il a dîné avec Alice, Véronique et Olivier, convient aux habitués venus aussi pour se faire voir. L'assiette de crevettes, les moules-frites, le cabillaud à la crème, la poitrine de veau croustillant sauce chateaubriand sont traditionnellement à la carte de ce lieu mythique à l'échelle deauvillaise. Judith Belisha avait posé à cheval devant le restaurant. Sur la photo, Gonzague Saint Bris caresse l'encolure de l'animal, baptisé Bajo. Son cadeau d'anniversaire à Judith, que le chanteur Carlos appelait « la madone des chevaux ». Lors du Festival du cinéma américain, après une projection, Gonzague avait insisté pour que je vienne chez Miocque : « Je t'invite. » Quand on lui présenta l'addition, il me proposa de la partager. Ce procédé me parut un peu cavalier.

C'est chez le couple Maurey que Saint Bris et sa compagne doivent passer la nuit à Bonneville-la-Louvet. Leur prieuré est à vingt-cinq kilomètres de Deauville. Un trajet d'une vingtaine de minutes. En passant par Saint-Hymer, il faut compter environ le double. Pourquoi, à cette heure tardive, Alice Bertheaume et son passager indiscipliné ont-ils choisi une route qui rallongeait la distance ? Avaient-ils une raison valable de faire ce grand détour ? Le destin de l'écrivain le conduisait vers un monde inconnu évoqué dans un de ses livres, *La Malibran : la voix qui dit je t'aime* : « Les âmes désolées, les corps perdus retrouvent soudainement le secret des vaillants. »

À Deauville, la mort rôdait au petit matin, le 12 janvier 1997. Défiant sans peur les puissants, Jean-Edern Hallier, le dernier grand polémiste du XXe siècle, tombait de son vélo hollandais foudroyé par une crise cardiaque, rue Jean-Mermoz, aux abords de l'hôtel Normandy, un palace de Lucien Barrière où il séjournait à moindres frais. Disparu un an auparavant, François Mitterrand qui l'avait tant admiré, puis haï, avait confié à Roland Dumas : « Ce sont des individus qui ne méritent qu'une balle dans la tête. » Certains pensent encore qu'il a été assassiné. Mystère et boule de gomme. Comme la fin de Gonzague, que des proches ont du mal à comprendre.

Hallier et Saint Bris avaient eu le temps de se réconcilier après une longue brouille. Une querelle d'égos surdimensionnés faillit faire capoter leur amitié. À chacun son « moi-moi ». Avant de plonger dans les abîmes de l'inquiétude pour y découvrir enfin les vrais mirages de cette machinerie qu'est la vie. Dans le journal *Il*, Jean-Edern Hallier, « dandy de grand chemin », comme je l'avais surnommé, avait fait l'éloge de Gonzague qui me le recopia avec gourmandise, savourant chaque mot : « Gonzague, c'est Freud à minuit et Proust le jour retrouvé, Alfred de Musset toute l'année durant, le tout revu par Barnum pour les cirques crépusculaires de notre fin de siècle. C'est mon ami, et un écrivain quand sous la manchette se tracent les mots de la main inlassable et magicienne. » Les trompettes de la renommée ne sonnaient pas très juste.

Nouveau rebondissement. « On a abusé de mon nom, s'insurge Jean-Edern. La phrase que Saint Bris m'attribue, c'est lui qui l'a inventée ! C'est par la singularité, comme disait Gide, qu'on atteint l'universel. Et je pense que les rapports sociaux passent autant par la culture que par l'économie. Alors, moi, mon romantisme, c'est la dissidence enracinée. Ma celtitude. Ma matrie : la Bretagne. Comme René Ehni avec l'Alsace. Le fond politique du romantisme, c'est l'Europe des nations [...]. Aujourd'hui, s'il y a romantisme c'est dans la résurgence de l'archipel engloutie des cultures[1]. »

Réponse d'un Gonzague courroucé : « Nous n'avons pas besoin pour une cause neuve et fraîche de ce scrogneugneu déjà abondamment discrédité, vieille coquette ridée qui sent son public l'abandonner et qui gémit inlassablement en rappelant ses premiers spectacles. À la rigueur, nous lui aurions peut-être concédé par respect du troisième âge une place de vieil oncle du romantisme, s'il ne donnait la preuve qu'il n'en est que la vieille tante ménopausée et acrimonieuse. Celui qui écrivait de sa main : "Gonzague... pour l'éternité aussi est mon ami..." s'est renié une ultime fois. Ses engagements politiques et ses protestations d'amitié seront toujours comme ses chèques : sans provision[2]. »

Jean-Edern Hallier et Gonzague Saint Bris : une version inédite de « Je t'aime... moi non plus ».

« Ce vieux romantique de Jean-Edern venait à notre micro. Je lui ai présenté Jacques Séguéla, qui nous avait offert l'affiche de Radio Méga l'O. Il voulait être

1. Texte paru dans *Le Matin de Paris*, 12 décembre 1978. Cité par Alain-Louis Sire et Gilles Brochard, *La Bataille romantique*, Nouvelles Éditions Oswald, 1980.
2. *Ibid.*

l'inventeur des radios libres. Soi-disant que tout avait commencé grâce à lui. C'était son obsession », se souvenait Saint Bris. Il aura été, toutefois, à l'avant-garde de la liberté des ondes. Le 13 mai 1977, depuis son domicile de la place des Vosges, avait eu lieu la première émission de Radio Verte, une radio libre écolo créée par Antoine Lefébure. Aux manettes, Brice Lalonde et le journaliste, écrivain et navigateur Alain Hervé – il effectua un tour du monde à la voile –, ancien président de l'association Les Amis de la terre. Son successeur, Brice Lalonde, deviendra secrétaire d'État, puis ministre de l'Environnement. Gonzague Saint Bris l'embarquera dans l'Académie des jeunes romantiques. Sollicité, Jean-Marie Rouart refusa de participer à cette « bataille » de pacotille.

Françoise Rouart, la cousine de Jean-Marie, avait accueilli dans son appartement de la rue Fortuny, dans le XVIIe arrondissement, le studio clandestin de la radio libre de Gonzague qui jouait à cache-cache avec la police. Le temps de situer le « lieu d'infraction », l'émetteur avait changé d'adresse. Saint Bris finira par planter l'antenne de Radio Méga l'O au sommet des trente-trois étages de l'hôtel Concorde La Fayette, porte des Ternes. Un hôtel inauguré en avril 1974, son fondateur Guy Taittinger (1918-1978) souhaitant rendre hommage à l'amitié franco-américaine. « Mais aussi, dit son fils Thierry, attirer la clientèle américaine à Paris ! Ma famille était également proche de René de Chambrun, descendant du général La Fayette, à qui le groupe Taittinger achètera les cristalleries de Baccarat. » Quelques années plus tard, Gonzague Saint Bris publiera *La Fayette, la stature de la liberté* aux éditions Filipacchi.

Le 24 juillet 1981, Gonzague reçoit à Radio Méga l'O Jacques Séguéla et Jean-Edern Hallier. La polémique autour des nouveaux romantiques a fait long feu. L'écrivain et essayiste Michel Le Bris, dans un article intitulé « Une arche pour la fin des temps » paru dans *Le Monde* en janvier 1979, a clos le débat. L'ancien codirecteur de *La Cause du peuple*, avec Jean-Pierre Le Dantec, s'est assagi. Jean-Edern, qui le défendit avec fougue lorsque son journal fut interdit de diffusion, croit aux lendemains qui chantent depuis l'élection de François Mitterrand à la présidence de la République. Jacques Séguéla est dans le même état d'esprit. Son agence de pub a forgé le slogan « La force tranquille » choisi par le candidat socialiste. Gonzague Saint Bris espère que le nouveau chef de l'État libérera les ondes. Trois hommes autour d'un micro qui, en plein été, croient au Père Noël de l'Élysée.

Gilles Brochard fait partie de l'équipe de Radio Méga l'O. Gonzague lui avait demandé d'animer une émission littéraire, puis hebdomadaire. « Nous étions alors les pionniers de cette grande exploration de la bande FM, au même titre que toutes ces nouvelles "radios libres" que nous voulions libératrices pour la parole et la musique. Ce furent des moments exceptionnels, et je mesure alors cette chance de pouvoir associer ma passion de la radio à celle de la littérature. D'ailleurs, un an plus tard, je créais le prix littéraire des radios libres… »

Denis Westhoff, le fils de Françoise Sagan, animera une émission sur le cinéma avec Jean-Pierre Marois, futur producteur et propriétaire des Bains Douches, la boîte de nuit culte transformée en hôtel de luxe. Quant à Mariella Bertheas, qui dirigera la radio de la Fondation de la

Vocation créée par Marcel Bleustein-Blanchet, elle était Miss Méga l'O. Chaque nuit, elle faisait ses confidences dans une ambiance de boudoir. Avec toujours du champagne dans un seau à glace et éclairée par un magnifique chandelier. Une Madame Récamier des ondes !

6

« Ne pas revenir sur le passé est la meilleure façon que ce passé revienne à vous. » Gonzague Saint Bris aime cette formule boomerang. À Chanceaux-près-Loches, la vingt-deuxième édition de La Forêt des livres avait été minutieusement planifiée par son fondateur. Publié dans le programme, son dernier édito illustre sa formule favorite. Il s'intitule « De Jeanne d'Arc à Simone Veil. Toutes les grandes âmes, toutes les grandes dames passent par Chanceaux. » Ces lignes ultimes, consacrées à des héroïnes d'hier et d'aujourd'hui, nous reviennent comme un message envoyé de l'au-delà, vingt jours après la disparition de Gonzague : « 1429 en Touraine : Jeanne d'Arc, qui a fait étape pour la nuit à Montrésor chez Jean de Bueil, part de bon matin pour une journée de cheval. Le 22 février 1429, vers midi, elle s'arrête à Chanceaux, fait ses dévotions dans la chapelle du village et fait boire ses chevaux en un lieu que la tradition orale a retenu comme “le Puits de la Pucelle”. [...] Qui mieux que Simone Veil [...] pouvait présider la quinzième édition de La Forêt des livres le 30 août 2009, dédiée à l'écriture des femmes ? Ces femmes qui, de Christine de Pizan à

Flora Tristan et de Marguerite de Navarre à Marguerite Yourcenar, ont été souveraines par l'écriture, souveraines par la culture […]. Nous sommes heureux de pouvoir rendre hommage à Simone Veil, ici dans le village forestier de Chanceaux-près-Loches qu'elle a honoré de sa présence, elle qui a rejoint les verdures éternelles. »

Régis Jauffret, prix Femina en 2005, considéré par Jérôme Garcin comme « l'écrivain le plus doué et le plus cruel de sa génération[1] », n'a participé à aucune édition de La Forêt des livres. En revanche, il connaissait Gonzague. Dans l'hebdomadaire *Marianne*, son hommage[2] est illustré par un dessin de Camille Besse, « Dernière mondanité ». Deux personnages, verre de champagne en main, sont devant la tombe. « T'avais lu un de ses livres, toi ? – Il écrivait ? » Jauffret est moins vachard : « En 2010, je me suis trouvé dans le même véhicule que lui pendant un périple de plus d'une heure […]. Une voiture envoyée par un châtelain[3] à l'occasion du dîner qu'il donnait ce soir-là, auquel il avait convié des écrivains, des journalistes, des personnalités de passage dans la région. J'étais à l'arrière avec quelqu'une et Gonzague avait pris place à l'avant. Après les salutations d'usage, il a entrepris une conversation avec le chauffeur qui dura tout le trajet.

1. Jérôme Garcin, « La méchanceté c'est la santé », *Le Nouvel Observateur*, 8 mars 2015.
2. Régis Jauffret, « Gonzague Saint Bris, l'accolade », *Marianne*, 19 août 2017. Il relate son voyage au château de Sauvebœuf, à Aubas, en Dordogne.
3. Claude Douce, propriétaire du château de Sauvebœuf, où il entassait des objets préhistoriques.

Quand nous avons été dans la cour du château, il lui a donné l'accolade. Pendant le dîner, j'étais placé à sa gauche. Il prenait souvent la parole, signalant son intervention en tapant du talon sur le parquet de la grande salle où la table était dressée. Je le revois debout, verre en main, haranguant l'époque, l'Histoire, la postérité. [...] Je me souviens qu'en fin de repas il a allumé un cigare [...]. Quand il l'a eu terminé, il en a éteint le mégot dans une carafe de Château Margaux[1]. »

La Forêt des livres, c'est la grande œuvre populaire de Gonzague Saint Bris. « Lors de mes vagabondages dans les verdures éternelles, écrivait-il dans *L'Enfant de Vinci*, j'avais l'impression de lire l'univers et la forêt était pour moi la plus belle des bibliothèques. » « Une forêt magique pour des milliers de Petits Poucets ! », s'extasie Roselyne Bachelot. « Se perdre en forêt, mais dans celle des livres... oui. Ne m'indiquez pas la sortie ! », s'émerveille Mazarine Pingeot.

Signatures et débats s'y succèdent, avec des surprises comme ce café littéraire animé par le journaliste Christian Panvert. Brigitte Lahaie, ex-star du X, voisine avec l'ex-président de la République Valéry Giscard d'Estaing et l'abbé de La Morandais, habitué des plateaux télé. Qui d'autre que Gonzague aurait pu réussir à faire sortir Renaud de sa tanière de L'Isle-sur-la-Sorgue ? Christian Panvert a servi d'intermédiaire. Le traditionnel déjeuner des auteurs m'a permis de partager le pain et le vin avec

1. Ce que conteste vivement Michel Fremder, alors directeur général des Trains Expo Événements SNCF, voisin de Gonzague à ce dîner.

Raymond Poulidor, cette légende du cyclisme, et d'écrire ensuite sa biographie[1]. Ce jour-là, Gisèle Casadesus, doyenne des sociétaires de la Comédie-Française, soufflait la bougie symbolique de ses cent ans.

Provenant d'un centre de diffusion, huit tonnes de livres prennent place sous les arbres de Chanceaux-près-Loches pour constituer une gigantesque librairie en plein air. Dans une atmosphère de kermesse, cent cinquante auteurs et plus de cinquante mille visiteurs se côtoient le dernier dimanche d'août. Des dizaines de bénévoles se sont affairés tout au long de l'année, afin que le jour J, depuis le balcon du Chalet des Chasseurs, Gonzague, avec un art unique de la mise en scène, déclare ouverte la nouvelle édition. Brigitte Bardot n'est jamais venue dans ce petit village de Touraine, mais l'écrivain qu'elle rencontra à Saint-Tropez lui avait inspiré cet hommage : « Gonzague Saint Bris, ce romantique érudit et élégant, échoué dans une époque ignorante, nous a appris des histoires de France passionnantes ou coquines, qui resteront des chefs-d'œuvre de la littérature plus majestueux qu'académiques. Qui pourra jamais le remplacer ? »

Le neurologue et écrivain Boris Cyrulnik participa à la vingt-deuxième édition de La Forêt des livres. « Gonzague Saint Bris était un homme très chaleureux, extrêmement gentil et il n'y a rien de plus contagieux que la gentillesse, dit-il. Il était un être adorable, c'est le mot qui lui va, que j'entends souvent d'ailleurs à son propos. »

En 2007, Bernard Pivot, élu trois ans plus tôt à l'Académie Goncourt, accepta d'être le président

1. Jean-Claude Lamy, *Mon Poulidor*, Albin Michel, 2019.

d'honneur de la douzième édition de La Forêt des livres. Pourtant, monsieur « Apostrophes » – l'émission littéraire télévisée qui l'a rendu populaire – n'aimait pas du tout Gonzague. « J'ai toujours été mal à l'aise avec lui, me dit-il. Snob, mondain, arriviste, du côté des puissants, je me souviens qu'au *Figaro* du Rond-Point des Champs-Élysées où je l'ai connu, avec Jean Chalon, il nous couvrait de compliments et attendait les mêmes en retour. Je n'avais pas d'atomes crochus avec ce jeune homme au talent gâché par les mondanités. Peut-être que j'ai été injuste. » En 1973, Bernard Pivot l'avait reçu dans l'émission « Ouvrez les guillemets » diffusée sur la première chaîne de l'ORTF. Gonzague était venu parler de son premier livre, *Qui est snob ?*, le chien Kitsch sur les genoux.

C'est avec son compagnon à quatre pattes qu'il se rendait chaque jeudi à l'Académie française pour glaner des échos destinés à la page du *Figaro littéraire* dont Pivot était responsable. Se voyait-il déjà « Immortel » ? « Il n'avait aucune chance d'être élu. Un olibrius pareil à l'Académie ! », réagit Bernard Pivot. « L'Académie, souligne Jean-Marie Rouart, est sensible à l'image de la société. Gonzague était trop anticonformiste. Ça ne passait pas. » C'est à sa cinquième tentative que Rouart fut élu au fauteuil 26, succédant à Georges Duby. En 2012, alors qu'il préside La Forêt des livres, il reçoit le prix de l'Œuvre en fin de journée. En 2007, Bernard Pivot avait reçu le prix Millésime pour son *Dictionnaire amoureux du vin*, Yann Queffélec le prix du Roman pour *Le Plus Heureux des hommes* et Édith Cresson le prix Témoignage pour *Histoires françaises*.

Les « Lauriers Verts » imaginés par Gonzague ressemblent à une parodie de distribution de prix. Le public bon enfant applaudit. Il ne manque que monsieur le sous-préfet aux champs… Les élèves méritants sont des lauréats de circonstance. En 2017, le grand absent avait eu le temps de faire son choix. Marlène Jobert reçoit le prix Femme de lettres, Gérard Jugnot le prix Autobiographie, Robert Hossein le prix Légende, Joey Starr le prix Brièveté, Yves de Gaulle le prix Devoir de mémoire, Jacques Pessis le prix de l'Esprit, Jean-Michel Wilmotte le prix de l'Architecture, Franz-Olivier Giesbert le prix du Roman historique, Olivier de Kersauson le prix Écriture, Sophie Davant le prix Féminité, Philippe Labro le prix Désir de mémoire, Audrey Pulvar le prix Beau Livre, Patrick Pelloux le prix Instinct de vie, etc.

Si Coluche n'avait pas percuté le « Putain de Camion » chanté par Renaud, il aurait pu recevoir le prix des Enfoirés !

7

« Il était notre "patron", mais aussi notre "protecteur". » Collaboratrice de l'écrivain et directrice de La Forêt des livres, Marie-Claude Mahiette ne tarit pas d'éloges sur ce patron hors du commun. Le 21 septembre 2010, elle était décorée de l'ordre national du Mérite par Hervé Novelli, secrétaire d'État à l'Industrie et au Tourisme. Cette décoration, elle la doit à Gonzague Saint Bris.

Quelques semaines plus tôt, lors de la quinzième édition de La Forêt des livres, le ministre avait été récompensé du prix Économie nouvelle. En novembre 2010, il dévoile les critères permettant de distinguer les plus beaux hôtels français. Parmi la centaine classée en cinq étoiles, une vingtaine d'établissements devraient bénéficier du label Palace. Un jury de dix personnalités, dont Gonzague Saint Bris, l'architecte Jean-Michel Wilmotte, l'animatrice de TF1 Carole Rousseau, est chargé d'évaluer les dossiers de candidature. Tollé chez les professionnels : « Un label totalement inutile et dépourvu de valeur sur le plan international », estime Georges Panayotis, président-fondateur de MKG Group spécialisé dans l'industrie hôtelière. Pour le jury, c'est la tournée des grands-ducs sans bourse délier.

Tête de liste de la droite présidentielle dans le Centre aux régionales, Hervé Novelli avait espéré convaincre Gonzague de faire partie de sa garde rapprochée. Le correspondant de *Libération* à Tours s'interroge : « L'écrivain romantique fera-t-il le grand saut en politique ? » Saint Bris dément avoir la moindre ambition dans ce domaine-là. Des élus d'Indre-et-Loire s'amusent en déclarant que l'une des grandes figures régionales pourrait devenir auprès du chef de file de l'UMP « une sorte de Frédéric Mitterrand local ». Celui que l'équipe de l'émission de télévision satirique « Le Petit rapporteur », créée par Jacques Martin et Bernard Lion, avait surnommé Gonzague Saint-Nectaire, n'en fera pas un fromage !

En mai 2012, le journal *La Nouvelle République* publie cette information insolite – *fake news* qui tournera à la rigolade : « Faute d'une vie éternelle sur les bancs de l'Académie française, Gonzague Saint Bris aurait-il eu une vie parlementaire sous les ors du palais Bourbon ? On aurait pu le croire en lisant le communiqué de presse envoyé par Hervé Novelli pour annoncer l'une de ses soirées de campagne. Parmi les invités, on découvre le nom de "Gonzague Saint Bris, ancien ministre et ancien président de la commission des Finances de l'Assemblée nationale". Stupeur et tremblements ! Vérification faite, il s'agit d'une banale confusion. Les fonctions sus-décrites sont celles de Pierre Méhaignerie, autre invité d'Hervé Novelli, également écrivain à ses heures. »

En définitive, Gonzague Saint Bris sera conseiller municipal de la mairie de Loches de 1989 à 1995 et entrera à l'Académie des Belles Lettres d'Angers, créée par Louis XIV en 1685. « Juste retour des choses, puisque Saint Bris est l'auteur d'une brillante biographie, *Louis XIV et le Grand Siècle*, qui a fait l'unanimité de la critique », soulignera l'écrivain Jacques Maureau, son parrain littéraire. Cette compagnie a compté parmi ses membres d'honneur l'Angevin Hervé Bazin, président de l'Académie Goncourt, les académiciens Jacques de Bourbon Busset et Jean d'Ormesson, le cardinal Paul Poupard, également angevin, président du Conseil pontifical de la culture au Vatican.

Jacques Maureau est l'historiographe de Jean et Carmen Saint Bris, les grands-parents paternels de Gonzague Saint Bris, morts en déportation en 1944. Gonzague célébrera leur mémoire au cours d'une cérémonie en septembre 2007. Roselyne Bachelot, ministre de la Santé et des Sports, et l'ancien Premier ministre Édith Cresson ont fait le déplacement au château de Beauchêne à Villemoisan, près d'Angers, théâtre de l'héroïsme du couple. En juin 1943, un bombardier anglais revenant d'une mission était abattu au-dessus du Louroux-Béconnais. Les sept aviateurs sautent en parachute. Trois sont faits prisonniers, le pilote se noie dans la Loire, le radio se pose sur une île entre Montjean et Ingrandes. Les deux autres frappent à la porte de la première maison de Villemoisan. Comme « monsieur le comte parle anglais », on les amène au château. Jean et Carmen Saint Bris connaissent la loi « antiterroriste » : les hommes qui aident « l'ennemi » sont fusillés, les femmes envoyées en camp de concentration. Sans hésiter, ils les hébergent, font disparaître papiers et uniformes, leur donnent des vêtements civils et, grâce à un réseau de Résistance, ils regagneront Londres.

Au château du Clos Lucé trône une photo du couple avec les décorations qu'il a reçues à titre posthume. Leur petit-fils François Saint Bris, qui préside les lieux, raconte : « Ma grand-mère, née Carmen Renom de La Baume, vécut une enfance très heureuse à Porto Rico. Elle avait un diplôme d'infirmière et aimait rendre service. Mon grand-père, né en 1882, était officier de réserve et avait servi durant la Première Guerre mondiale comme dragon. Il ne supportait pas la défaite de 1940 et n'acceptait pas de voir son pays occupé par les Allemands. »

Jean et Carmen abriteront d'autres parachutistes. Hélas, suite à une dénonciation du voisinage, un Anglais est arrêté. Peu après, la Gestapo débarque à Beauchêne et arrête Carmen, incarcérée à la prison d'Angers. « Alors qu'il est en déplacement à Amboise, mon grand-père apprend l'arrestation de sa femme, poursuit François Saint Bris. Il se constitue prisonnier, expliquant que son épouse n'a rien à y voir. » Leur fils Hubert viendra s'installer quelque temps dans un hôtel près de la prison, espérant apercevoir sa mère.

À l'automne 1943, Carmen et Jean, qui ont été séparés, sont déportés. Elle se retrouve à Ravensbrück, lui dans le camp de Gross-Rosen, en Pologne. Une amie de Carmen, revenue du bout de la nuit, racontera qu'elle donnait sa soupe aux plus jeunes, sachant qu'elle ne survivrait pas longtemps. D'après les témoignages de rescapées, certaines écrivaient des recettes de cuisine sur des bouts de papier pour apaiser leur faim…

Carmen meurt en 1944, après plusieurs mois d'internement. Comme unis par la pensée, Jean est tué quelques jours plus tard, le 15 décembre, sous les coups de crosse des SS, nu dans la neige. Leur fils Hubert, engagé dans les commandos du bataillon de choc de Rhin et Danube, créé à la fin de la guerre par le général de Lattre de Tassigny, progresse vers l'Allemagne. Avec ses camarades, dont Michel Poniatowski, il avance avec le secret espoir de libérer les camps et donc retrouver ses parents. Pris de remords, l'Anglais qui les avait dénoncés sous la torture écrira plus tard à la famille Saint Bris pour obtenir leur pardon. Il sera même reçu au Clos Lucé.

Grâce à Jacques Maureau, l'histoire de Jean et Carmen Saint Bris est restée vivace. Il a recueilli une quinzaine de témoignages, dont celui de la comtesse Hubert Saint Bris, belle-fille du couple. « Cette histoire fait vraiment partie de la nôtre », assure une femme. « Ici, renchérit Marie Saint Bris, il n'y a que des gens qui sont directement liés à notre famille. » En 2014, elle se rendra à Ravensbrück et lancera des graines pour que poussent des fleurs à l'emplacement des baraquements des malades atteints de dysenterie. « Nos grands-parents, me dit-elle, sont entrés dans l'histoire communautaire de la déportation. En faisant ce pèlerinage, j'ai voulu laver la tristesse qui a envahi notre famille. Ma fille Carmen, née en 1988, était là pour leur dire au revoir. Très intéressé par cette démarche, Gonzague n'avait malheureusement pas pu venir. »

L'écrivain parlait rarement du calvaire de ses grands-parents résistants. Sollicité par le journal *Libération*, il y raconte une semaine de sa vie, du samedi 20 au vendredi

26 août 2005, avant La Forêt des livres. À la date du jeudi, il les évoque sous le titre « Jusqu'à l'horreur absolue » : « [...] Il faut lire d'urgence le témoignage de Marcel Lanoiselée, jeune résistant du mouvement Franc-Tireur, déporté, et aujourd'hui survivant de ce Ohrdruf, le camp oublié de Buchenwald, un camp de la mort méconnu mais qui fut le premier libéré en 1945. Mes grands-parents Jean et Carmen Saint Bris sont morts, déportés pour faits de Résistance ; elle dans le camp des femmes à Ravensbrück, lui trois jours plus tard à Gross-Rosen en 1944. Toujours la photo de ces deux êtres amoureux : un brun tourmenté, une blonde éthérée – m'accompagne avec cette interrogation qui me taraude : aurais-je été aussi digne dans le sacrifice, capable d'un tel courage ? »

Dans ce même semainier, Gonzague Saint Bris fait référence à l'inévitable Léonard de Vinci : « Regardez les dimensions de la feuille : 21 x 29,7. Divisez la largeur de la feuille par sa longueur et vous obtiendrez la proportion suivante : 0,70707070... Maintenant, pliez la feuille en deux. Divisez encore une fois la longueur par la largeur et vous aurez toujours la même proportion. Vous pouvez répéter l'opération à l'infini et le rapport demeurera intact. Ces dimensions, 21 et 29,7, sont les seules à posséder une telle propriété. Ce rapport fut découvert par Léonard de Vinci, mort en France, le 2 mai 1519, au Clos Lucé d'Amboise, la demeure familiale, proche des rives de la Loire. »

Gonzague Saint Bris ne quitte pas sa région natale en annonçant l'arrivée des Rolling Stones avant leur nouvelle tournée mondiale. « L'album des Stones a été enregistré dans un petit village de Touraine, Pocé-sur-Cisse, entre trois cours d'eau, la Rambarge, la Cisse et la Loire, au château de Fourchette, qui appartient à Mick Jagger et qui fut jadis une des propriétés du duc de Choiseul, ministre de Louis XV. Des visiteurs du soir, comme Dave Stewart et Lenny Kravitz, sont venus participer, à l'ombre du tuffeau immaculé, à l'enregistrement des dix-huit chansons. Quant à celle qui s'intitule "Sweet Neo Con", qui critique la politique américaine, elle a disparu du concert. La créativité sur la Loire est loin d'être morte depuis les poètes de la Pléiade, Belleau, Du Bellay, Ronsard et Marot. »

Septembre 2014. Au Festival du film américain de Deauville, Mick Jagger, venu présenter *Get On Up*, un biopic sur James Brown dont il est le producteur, partage la vedette avec Pierce Brosnan, un ex-James Bond. L'icône des Rolling Stones, guettée par ses fans postés derrière l'hôtel Royal, salue poliment Gonzague Saint Bris dans le hall du palace où Colette a passé ses dernières vacances en juillet 1953. Mick, le Tourangeau d'adoption, et Gonzague se sont rencontrés par l'intermédiaire d'Olivier de Serres, homonyme de son lointain ancêtre, « père de l'agronomie » française sous Henri IV. Ce passionné d'automobiles anciennes et de la marque Citroën habite Pocé-sur-Cisse. Il a ses entrées au château de Fourchette quand le leader des Stones y séjourne. Le rock anglais et les voitures de collection sont au centre de leurs conversations.

Son ouvrage consacré aux cabriolets français[1] a été préfacé par Gonzague Saint Bris, qui évoque leurs

1. Olivier de Serres, *Les Cabriolets français*, éditions EPA, 1995.

souvenirs communs : « Olivier de Serres et moi, nous sommes de la même enfance et du même pays. Nous avons partagé les courses, cheveux au vent, sur les rives de la Loire, la résurrection de l'Histoire dans notre lieu de vacances, le Clos Lucé, les parties de cache-cache en costume d'époque dans le souterrain par lequel François Ier venait rejoindre Léonard de Vinci, l'admiration devant la maquette de la première automobile dessinée par le maître toscan, les parties de patins à glace l'hiver sur les étangs gelés de la forêt d'Amboise, les descentes du fleuve royal l'été en radeau et les découvertes botaniques dans la charmante vallée de la Cisse, sans oublier les longues promenades méditatives avec nos pères à la Pagode de Chanteloup. [...]. »

8

« Moi je ne suis d'aucune époque, s'il y a une guerre, je servirai sous Maurice de Saxe. C'est une balle de Solférino, restée en l'air pendant un siècle, qui me tuera. » Le héros des *Enfants tristes* de Roger Nimier fait cette déclaration, reprise par Gonzague Saint Bris[1]. Le critique Pierre de Boisdeffre voyait en Nimier un hussard triste et un dandy triomphant. « Nimier, notre Brummel ; on ne peut rêver de plus de talent et de plus de défauts : le goût de déplaire poussé jusqu'à la provocation, un bon usage du mépris, une apparente frivolité dissimulant beaucoup de travail et de culture, un dandysme sardonique, plus d'ironie que d'humour et d'âcreté, le tact dans l'insolence et l'art de savoir jusqu'où on peut aller trop loin, sont ses moindres travers. Enfin la modestie n'est pas son fort. Mais l'écrivain est racé… Nimier cultive un beau désespoir[2]. »

---

1. Gonzague Saint Bris, *La Nostalgie, camarades ! Histoires des rêves français en 1970 et 1980*, Albin Michel, 1982.
2. Pierre de Boisdeffre, *Une histoire vivante de la littérature d'aujourd'hui 1939-1960*, Perrin, 1962.

Cette esquisse de portrait convient assez bien à Gonzague, qui aspire l'air du temps en se nourrissant des forces du passé. Deux personnages atypiques, suffisamment fous pour tromper leur monde. Le traditionnel et le classique, tout en étant de plain-pied dans l'époque qui les a vus naître et mourir. Morts l'un et l'autre dans un accident de voiture. « Le gris du tableau de bord, le gris de la route, le gris du ciel ne font qu'un pour colorer un champ de vision incertain dont l'inexactitude même est mortelle. L'accident sera aussi brutal que bref. Quand le calme reviendra sur le métal déchiqueté de la Mercedes immobilisée, le visage de Nimier apparaîtra miraculeusement intact », souligne Saint Bris[1]. Le sien l'était aussi après le choc. Souriait-il ou faisait-il la grimace ? Cet amoureux de la vie aurait aimé séduire la mort.

Né prématurément, Gonzague a été bien secoué avant de voir le jour le 26 janvier 1948, à Loches, sous le signe astrologique du Verseau. Agnès Saint Bris était allée rendre visite à sa mère Élisabeth Mame, épouse Schneider, au château de Chanceaux. Elles décidèrent de faire une promenade en voiture à cheval. « Cela bougeait déjà beaucoup sur les routes droites, mais le frein rendait les descentes encore plus cahotantes. Nous étions littéralement projetées vers l'avant. Quelques minutes plus tard, j'étais dans une autre voiture, une voiture au gaz, celle-là, en route vers le médecin de Loches, avec qui j'ai encore attendu quelques heures. Hubert n'était pas là. J'étais seule pour le choix du prénom. J'ai choisi Gonzague en mémoire d'un cousin, héros de la Résistance, que j'aimais

1. *La Nostalgie, camarades !*, *op. cit.*

beaucoup[1]. » Agnès a vingt-quatre ans. À la naissance de Jean, son premier enfant, le 24 mars 1947 à Tours, elle en avait vingt-deux. Il avait mis plusieurs jours à arriver. « Je ne sais pas pourquoi, mais j'ai toujours eu des enfants très longs à venir au monde[2]. » À l'exception de Gonzague, pressé de pousser son premier cri de jeune loup.

Son prénom le distinguera de tous ses camarades et de ses frères. Il le doit au baron Gonzague de Saint Geniès, dit « Lucien » dans le réseau du Jura dont il fut le chef. Ancien prisonnier de guerre évadé, il rejoint l'Angleterre et les services spéciaux (*Special Operation Executive*). Arrêté par les Allemands en 1944, par crainte de parler sous la torture, il se suicide avec une capsule de cyanure. D'abord inhumé à Dole, le corps de Gonzague de Saint Geniès sera transféré au cimetière militaire franco-britannique (tombe 3F14) de Choloy-Ménillot, une commune rurale de Meurthe-et-Moselle. Profitant d'un déplacement au Salon du livre de Nancy, Gonzague Saint Bris ira se recueillir sur la tombe de ce cousin au sixième degré par les Schneider.

À sa naissance, vers 19 heures, il fait déjà nuit le lundi 26 janvier 1948. Ce jour-là, un cyclone tropical dévaste l'île de la Réunion. Le pianiste et compositeur polonais Ignaz Friedman, spécialiste des œuvres de Chopin, meurt à Sydney à l'âge de soixante-cinq ans. Début janvier, le maire de Lyon Edouard Herriot retrouve son perchoir à l'Assemblée nationale. Lors d'un discours à

1. Agnès Saint Bris, *Belle est la vie, op. cit.*
2. *Ibid.*

Saint-Étienne, le général de Gaulle, à la tête du RPF, fustige le jeu effréné des partis. « L'hiver est là. La nuit tombera vite ce soir. Mais c'est le temps qui convient pour voir nos affaires comme elles sont, assez sombres et inquiétantes. »

Le mercredi 21 janvier, le couple Saint Bris a fêté la Sainte-Agnès. Sans imaginer qu'un deuxième garçon allait bientôt se manifester. Rien ne le présageait dans l'immédiat. La naissance était prévue quelques semaines plus tard.

Hubert Saint Bris, le fringant lieutenant du Bataillon de choc, ne savait pas encore qu'il ne reverrait plus ses parents, lorsque la femme de sa vie a surgi comme l'éclair du coup de foudre. Leur rencontre eut lieu fin 1944 dans un salon de thé à Tours. Hubert était le meilleur ami de Roger Mame, le frère d'Agnès dans l'attente du prince charmant. Sous le regard amusé de Roger qui les avait invités, ainsi que sa sœur Geneviève, c'est en mangeant des gâteaux qu'un amour de conte de fées s'annonce. Une grande famille de sept garçons et une fille va naître en l'espace de quinze ans.

« Quand Hubert a commencé à parler de Paul Valéry que j'avais récemment découvert sur les conseils de Roger, j'étais déjà séduite. Quand il a enchaîné avec Claudel, qu'il m'avait pourtant été difficile d'aborder, j'étais conquise. J'avais envie d'échanger des choses avec ce garçon-là. Évidemment, il en savait beaucoup plus que moi : il avait vingt-huit ans et préparait l'Ena. Mais j'avais des choses à dire. Et ce qu'il répondait me passionnait. D'une certaine manière, Geneviève et Roger n'existaient plus. Hubert et moi ne leur prêtions plus attention. C'était comme si tout ce qui se passait autour de nous s'était arrêté. [...] Je n'avais jamais ressenti cela auparavant. Nous vivions un coup de foudre[1]. »

En permission, Hubert se rendait chez son frère aîné Georges, alors jeune vicaire à Loches. Agnès l'accompagne jusqu'à l'arrêt du bus avant d'aller prier dans une des églises de la ville, remerciant le Seigneur et la Vierge Marie de l'avoir conduite jusqu'à cet homme qu'elle attendait impatiemment. Avant de repartir au combat en Alsace, Hubert Saint Bris l'a invitée au restaurant. Elle a besoin d'un chaperon pour ne pas être l'objet d'une rumeur. Son amie Éliane l'accompagne, ce qui déplaît au lieutenant. Galant homme, il n'en laissera rien paraître. Un tête-à-tête aurait fait jaser à Chanceaux et dans la campagne environnante. Chez les aristocrates et les grands bourgeois, où les amours ancillaires et les secrets d'alcôves sont monnaie courante, il faut surveiller les filles tentées de succomber. Une intense correspondance suffit à leur bonheur.

La comtesse de La Baume, tante d'Hubert, est pressée de mieux connaître cette demoiselle Mame que son neveu veut épouser. En quelque sorte, un examen de passage prénuptial ! Ayant fait sa philo sans passer le bac, munie d'un diplôme de sténodactylo, rêvant de devenir exploratrice, Agnès découvrira très vite que le métier de mère lui apportera d'autres satisfactions. Le mariage est célébré le 6 juin 1946, à Chanceaux. « Les habitants du village avaient préparé un grand feu de joie dans la prairie, devant la maison. Le bois crépitait gaiement au

1. *Ibid.*

milieu des bruits de la campagne. Les flammes s'élevaient joyeusement en dansant jusque dans les nuages. Si le feu marchait bien, comme ce fut le cas, c'était le signe d'un mariage heureux, selon les croyances des gens du pays[1]. »

Dans sa robe blanche en dentelle qui avait été celle des épousailles de sa mère, Agnès Saint Bris est d'une beauté irradiante. Hubert, en habit, arbore un sourire mélancolique. Aveu de tristesse en ce jour béni : il a appris la mort de ses parents en déportation. Jamais plus ce brillant fils de famille ne trouvera la paix intérieure, cachant pudiquement ses souffrances jusqu'à l'âge de soixante-quatre ans. En 1979, à Paris, il met fin à ses jours, peu de temps après le mariage de Gonzague avec Clémence de Lasteyrie du Saillant, la nièce de Valéry Giscard d'Estaing. Il s'apprêtait à prendre sa retraite de diplomate, orphelin définitivement vaincu par les démons qui harcelaient son âme, malgré les moments heureux.

« On riait beaucoup en famille, se souvient Marie Saint Bris. Papa disait que nous n'avions pas besoin de télévision pour nous divertir. Nous étions les Fratellini du Clos Lucé, notre “Piste aux étoiles”. Mon frère Jean, son metteur en scène, applaudissait. Le cirque Saint Bris a toujours été formidable. »

Agnès, qui a emménagé avec son mari au château de Beauchêne, assez lugubre depuis la mort tragique de ses propriétaires, est rapidement enceinte de Jean. La cuisinière Victorine l'effraie un peu. « Chaque soir, elle sortait son petit chien et hurlait à travers champ à l'intention des femmes qui les avaient dénoncés aux Allemands :

1. *Ibid.*

“Bande de collabos, vous les avez vendus !” La pauvre, elle les aimait tant[1]... » Diplômé de l'Ena, Hubert est parti en stage à Paris. Il ne rentre qu'en fin de semaine. Pour tromper son ennui, sa femme trie le linge, fait des confitures, aide son voisin qui possède une distillerie. Elle transporte des tonneaux de poire dans sa voiture à cheval, contrôle les alambics, met l'eau-de-vie en bouteille. Le bonhomme, qui goûte volontiers à ses breuvages, est souvent pompette...

Hubert Saint Bris occupe une petite chambre chez sa tante, Mlle de Chavelin. Maintenant père de deux enfants, il cherche un logement pour accueillir son épouse et ses fils. C'est une autre de ses tantes qui accepte de lui louer une partie de son immense appartement du boulevard Malesherbes, dans le VIIIe arrondissement. En janvier 1949, ce petit monde s'installe tant bien que mal dans les salons. Un dimanche, en sortant de l'église, une pauvre femme sans domicile attend une aide improbable. La générosité d'Hubert et d'Agnès lui évitera quelque temps de coucher dehors. Le cercle de famille s'agrandit : Edouard est né à Paris en août 1949.

Attaché financier au ministère des Finances, Hubert accepte d'occuper les mêmes fonctions à l'ambassade de France à Londres. Leur nouvelle adresse est prestigieuse : 26 Princes Gate Court, dans le quartier de South Kensington, à proximité du palais où vivent des membres de la famille royale, tels le duc et la duchesse de Kent. Ce sera également la résidence officielle de Diana, princesse de Galles. Très littéraire, ayant obtenu un dix-huit en

1. *Ibid.*

français au grand oral de l'Ena, Hubert Saint Bris, qui correspond avec Pierre Teilhard de Chardin (1881-1955), vient d'ouvrir une porte magique vers laquelle le très jeune Gonzague se précipitera. Son séjour en Angleterre lui a apporté les plaisirs de l'écriture, de l'histoire et du mentir-vrai.

9

Les Belles Lettres et l'acier trempé font parfois bon ménage. « Quand les chemins des Mame et des Schneider se sont-ils croisés ? », se demande Agnès Saint Bris. Son grand-père paternel Paul-Henry Mame, imprimeur et éditeur à Tours, marié à Marie Dalloz, héritière de la maison Dalloz, se rendait régulièrement à Paris pour ses affaires. Habituée des salons parisiens, elle l'imagine faisant la connaissance de son grand-père maternel Paul Schneider, dont la famille avait racheté les forges du Creusot. « Le premier a parlé de sa fille, le second lui a présenté son fils. Il a ensuite suffi d'un bal pour que les deux intéressés se rencontrent et, le 8 novembre 1904, mon père, Armand Mame, épousait ma mère, Marie-Élisabeth Schneider, à Chanceaux-près-Loches. C'était les noces de l'acier et du papier[1]. »

Paul-Henry Mame, qui disparaît en 1903, a pris la tête de l'entreprise jusqu'en 1900. Son fils Armand, le père d'Agnès Saint Bris, l'a fait fructifier notamment grâce au *Missel quotidien des fidèles* du père José Feder, l'une

1. Agnès Saint Bris, *Belle est la vie*, *op. cit.*

des meilleures ventes de la maison. Il réalise également des investissements immobiliers très bénéfiques à Tours. À la mort d'Armand en 1926, c'est son fils Alfred qui lui succède et lance la construction d'une vaste usine où l'on fabrique du papier bible, sur lequel sera imprimée la collection La Pléiade. Cette dynastie d'imprimeurs et d'éditeurs prend fin en 1980, lorsque la famille cède l'entreprise à Desclée de Brouwer.

Les Schneider, dans l'acier de père en fils, ont commencé à bâtir leur empire dès 1838, avec la première locomotive française sortie de leurs usines. L'essor du chemin de fer avec ses rails en acier, les blindés de la Première Guerre mondiale, continuent à assurer la prospérité du Creusot. L'alliance Mame-Schneider est d'une certaine façon à l'origine de La Forêt des livres, à Chanceaux-près-Loches, qui ouvre la saison littéraire. Valérie Schneider, la fille de l'académicien Étienne Aignan, arrière-arrière-grand-mère de Gonzague Saint Bris, a fait construire le château de Chanceaux en 1848, ainsi que le chalet des Chasseurs, futur refuge de l'écrivain : mi-datcha russe, mi-relais de Mayerling, insolite au cœur d'une forêt de mille hectares du pays tourangeau. « Enfant, lorsque je descendais du château de Chanceaux avec ma grand-mère aux yeux bleus et à la chevelure d'argent, je le trouvais pittoresque et enchanteur[1]. »

À l'époque de sa construction, la haute société française découvrait le romantisme et le charme des chalets de montagne. Lorsque sa mère le lui donne, Gonzague

---

1. Cité par Nadège Forestier, « La datcha de Gonzague Saint Bris : Thébaïde sentimentale », *Les Échos*, 9 novembre 2007.

s'y installe pour écrire. L'été dehors sur un tronc d'arbre, l'hiver au coin de la cheminée. « Le chalet des Chasseurs qui m'a tant fait rêver est meublé des épaves de ma vie », raconte-t-il à Nadège Forestier, du journal *Les Échos*. Il se plaît à rappeler que Victor Hugo, à Guernesey, ramassait les débris de bateaux échoués sur la plage pour les entasser dans sa maison. « Une demeure, si petite soit-elle, contient des songes qui la dépassent. Ceux de Gonzague se bousculent dans les trois minuscules pièces du rez-de-chaussée. [...] Un bonnet rouge est planté sur la tête d'un trophée de chasse, et des soldats de plomb forment une armée napoléonienne. [...] Dans la salle à manger, des battes de cricket rappellent les années 1950, lorsque son père Hubert Saint Bris était en poste à Londres, et un mini-chalet en bois évoque la Bavière et les folies de Louis II[1]. » Le grand bureau domine la prairie, avec son « lit de lecture » dans les arbres. Gonzague a déniché dans des vide-greniers, chez les brocanteurs et les antiquaires locaux des objets qu'il présente avec fierté. En particulier « le drapeau de la Nouvelle Alliance[2], symbole de l'amitié franco-américaine, le fauteuil de velours rouge sur lequel s'est assis Jean-Paul II lors d'une visite chez les religieuses de Tours », ou encore le canapé Chesterfield qui aurait eu l'honneur d'accueillir le séant de Winston Churchill ! Le cigare posé en évidence sur un cendrier provient-il de la

1. Nadège Forestier, *ibid.*

2. Selon Marie-Claude Mahiette, ce drapeau aurait été conçu par Gonzague et dessiné par Jean-Charles de Castelbajac. Il en remit un exemplaire au président Reagan lors du voyage officiel de François Mitterrand aux États-Unis.

cave personnelle du « Vieux Lion » ? Le propriétaire des lieux transforme l'invraisemblable en vérité historique.

Les murs du chalet des Chasseurs ont la parole comme ceux de l'atelier d'artiste de la rue Pelouze, à Paris. Les photos de famille prises au Clos Lucé jouxtent celles de son mariage avec Clémence, de sa fiancée actuelle Patricia Campagne, mais également de Brigitte Bardot, Cristiana Reali, une actrice italo-brésilienne, Guy Béart, le mannequin et actrice espagnole Inès Sastre ou Carla Bruni. Nadège Forestier poursuit l'inventaire d'une sorte de livre d'or : « Un autographe de Frank Sinatra voisine avec celui de Gaston Defferre. Encadrées, des lettres du comte de Paris, de Jacques Chirac, François Mitterrand, Maurice Druon ct, peut-être l'une des plus précieuses, celle que Julien Gracq lui a envoyée après la parution de *L'Enfant de Vinci* dans lequel il se mettait à nu. “Elle a la valeur d'un prix Goncourt.” [...] Pour dormir, le maître des lieux a le choix entre trois chambres décorées sur les thèmes qu'il affectionne : russe, égyptien et La Fayette. [...] La vie au chalet des Chasseurs est rythmée par les saisons de ce pays de légendes, proche de celui de George Sand. L'automne, Gonzague Saint Bris se lève tôt pour profiter de la brume qui s'étend sur le “miroir aux fées” encourageant la croyance aux loups-garous. Il tire à l'arc depuis le pont-promenade branlant qui entoure le chalet et, selon la direction de la flèche, il sait si la journée sera bonne[1]. »

Chaque été, la descente de la Loire sur un radeau lui permet de retrouver les émotions de ses jeunes années,

1. Nadège Forestier, *ibid.*

quand il embarquait avec ses frères et sa mère sur « la reine des eaux ». Fin août, c'est du haut du balcon du chalet des Chasseurs, sa « thébaïde sentimentale », qu'il harangue les auteurs et les premiers visiteurs de La Forêt des livres. On écoute ses envolées lyriques. En 2014, sur ce balcon, le prince consort Henrik de Danemark lui remet les insignes de chevalier dans l'ordre royal de Dannebrog, créé par le roi Christian V en 1671, l'équivalent de la Légion d'honneur. L'époux de la reine Margrethe II de Danemark reviendra en 2016 dédicacer ses recueils de poèmes et dînera au Clos Lucé en compagnie du cinéaste Roman Polanski et de la secrétaire perpétuelle de l'Académie française, Hélène Carrère d'Encausse, qui présidait cette vingt et unième Forêt des Livres.

L'écrivain et traducteur Christophe Claro s'attaque à Saint Bris dans une chronique du 14 janvier 2015 parue sur son blog, Le Clavier cannibale. Elle s'intitule « Gonzague Saint Bris, mitigeur » : « Ce qui est bien avec Gonzague Saint Bris, c'est qu'en plus d'avoir inventé la soupe, il se la sert lui-même. Se qualifiant de "Tourangeau pur rillettes" (!), il s'est fignolé un CV riche en calories où titres vains et lauriers fanés alternent au gré d'une cuistrerie toc-chic, et où semble se produire quelque cryptique fusion entre André Castelot et BHL. Chantre du paon-romantisme comme d'autres de l'eau tiède – on trouve d'ailleurs sur son blog une promo pour un mitigeur à 28,99 euros, la vérité si je mens ! –, il a fondé en 1995 une manifestation littéraire intitulée La Forêt des livres, que la presse étrangère aurait, selon son site, qualifiée de "Woodstock de la littérature" – sauf qu'en place de Jimi Hendrix ou Joe Cocker on a plutôt droit à Renaud Donnedieu de Vabres ou Maurice Druon – *with a little help from my right friends*, quoi. »

Gonzague Saint Bris ne répond jamais à ses détracteurs, à l'exception de Jean-Edern Hallier qu'il trouvait « un peu vieux pour faire partie de l'Académie des jeunes romantiques[1] ». Ils se réconcilieront une fois pour toutes grâce à Judith Belisha, qui les réunira dans son club hippique de Deauville. La jeune femme a tapé dans l'œil du polémiste borgne ! Elle le laisse fantasmer sur ses rondeurs. Comme Jean-Edern, l'infidèle Gonzague a besoin d'amours multiples. Sa compagne du moment n'ignore pas que les tourbillons de la vie l'éloigneront, tôt ou tard, du lit de Don Juan. Toute passion est emportée par le temps. Certains corps adulés perdent brusquement leur radieuse beauté. Ne restent que les souvenirs. Elles ont été ravies d'être avec lui, d'avoir vécu des heures délicieuses à rire, à s'amuser, à trouver les choses belles. Malgré les périodes de crise, les cris, les larmes, l'éloignement fatal.

« Patricia Campagne est une femme merveilleuse, probablement celle qui a le plus aimé Gonzague et qui a terriblement souffert de leur séparation. Plusieurs fois nous les avions reçus à la maison pour le réveillon de Noël. À l'enterrement de Gonzague, elle ne cachait pas un chagrin profond. » Marie Eve Breguet, l'épouse d'Olivier de Serres, m'envoie par SMS ce témoignage avant que je rende visite à l'intéressée qui habite le XVIIe arrondissement, à proximité de mon domicile parisien. L'église Saint-Ferdinand des Ternes où eut lieu, le 16 janvier

1. *Playboy*, janvier 1979.

1997, la messe de funérailles de Jean-Edern Hallier – à laquelle j'assistai en compagnie de Gonzague Saint Bris –, est notre lieu de rendez-vous avec le Seigneur. C'est Dieu qui vous choisit chrétien et chrétien vous choisissez Dieu.

Née en 1961, Patricia est rayonnante. Divorcée, belle brune d'une intelligence toute féminine et d'une sensibilité épidermique, elle est l'idéal d'une épouse parfaite. Sa véritable rencontre avec Gonzague, en 1996, a lieu à La Forêt des livres. « À Paris, on se croisait souvent dans les soirées. Il m'invita à Chanceaux pour passer la journée. J'ai dormi chez l'écrivain Jacques Lanzmann et sa jeune femme Florence qui habitaient un manoir à Perrusson[1], près de Loches. Dans la matinée, Gonzague m'a téléphoné et je suis revenue. »

Jusqu'en 2003, ils formeront un couple en apparence indissociable. Au début de leur relation, rien ne se passe. « Il me disait : c'est l'amour médiéval. Cela a duré quatre mois. Au Clos Lucé, à cause de sa mère, nous ne dormions pas dans la même chambre. Nous avons beaucoup voyagé. Au Kenya, au Mexique chez Isabel Goldsmith-Patiño[2] lors du passage à l'an 2000, à la Jamaïque où il écrivit une partie de son roman *Les Vieillards de Brighton*. Mon fils Charles-Amédée Costa de Beauregard l'adorait. Quand il était enfant, il lui a offert un lapin blanc

1. Né à Tours en 1951, le comédien Jacques Villeret est enterré au cimetière communal de Perrusson, auprès de sa grand-mère maternelle.

2. Fille unique du milliardaire franco-britannique Jimmy Goldsmith et de Maria Isabel Patiño, la deuxième fille du magnat de l'étain bolivien Antenor Patiño.

baptisé Bonaparte. S'il fume le cigare, c'est à cause de Gonzague. Derrière le chalet des Chasseurs se trouve une petite maison qu'il a appelée la villa Patricia. Ses angoisses nocturnes me réveillaient. "Qu'est-ce que je dois faire ? Qu'est-ce que je dois dire ?" J'ai travaillé avec lui au magazine *Femme* qu'il hésita à reprendre. Je m'occupais de la mode, réalisais des interviews. Il m'a permis d'écrire, de créer. »

Patricia a fini par s'apercevoir que Gonzague Saint Bris la trompait outrageusement. À peine avait-elle le dos tourné qu'il téléphonait à l'une de ses maîtresses avant de la rejoindre. « J'avais à l'époque un appartement boulevard Gouvion-Saint-Cyr. Moi qui lui préparais chaque matin ses œufs sur le plat, le dorlotais, le rassurais à longueur de temps, j'ai pris tous ses vêtements et les ai jetés par la fenêtre. Plus tard, nous nous sommes revus en cachette. Sous les draps, il osait me dire : "Tu es ma bouillotte" ! »

10

Suivez le guide. Nadine Théret, ancienne assistante de Gonzague Saint Bris, s'efforce de répondre à son vœu en faisant aujourd'hui visiter le chalet des Chasseurs, à Chanceaux, qui était pour l'écrivain « autant une machine à écrire qu'une maison ». Il avait lui-même rédigé et signé un document qui stipulait : « Centré sur le développement, la promotion et la sauvegarde de la création artistique contemporaine et la sauvegarde de l'écriture et de l'édition en Touraine à travers un lieu muséal : le chalet des Chasseurs à Chanceaux-près-Loches dans la Touraine de Rabelais, de Ronsard, de Vigny et de Balzac. La maison de l'écrivain est destinée à être ouverte après sa mort à la visite pour le grand public. Des rencontres culturelles, lectures en plein air y seront organisées. »

« Chaque fois, disait-il, que je glisse la clé dans la serrure, c'est comme si je plongeais la plume dans l'encrier. » En septembre 2020, lors des Journées du patrimoine, Nadine fait visiter ce lieu emblématique de La Forêt des livres. « On a conservé la décoration, rien n'a changé. On essaie de faire comme s'il allait passer la porte. » Le fantôme de Gonzague accompagne le public ébahi et masqué. Pour l'occasion, une dépendance a été ouverte où l'on peut entendre la voix du maître de maison résonner dans des clips culturels de présentation des plus beaux monuments du pays. Le bagou du showman est intarissable.

Dans son bureau-bibliothèque, les fauteuils prétendument usés par Winston Churchill ou Jean-Paul II attirent les regards, comme la copie de *La Joconde* au château du Clos Lucé. « C'est chargé ! On dirait la maison du Père Noël », s'étonne un visiteur.

La manifestation littéraire créée en 1995 a changé de nom. Elle s'appelle désormais « Les écrivains chez Gonzague Saint Bris ». « À mon avis, c'est une erreur : il faut garder ce très beau nom de Forêt des Livres », remarque Jean-Marie Rouart, qui a parrainé en août 2021 la vingt-cinquième édition. « Son chalet de Chanceaux, il l'avait complètement "gonzaguesaintbrisé", si je puis dire. C'était un miroir de lui-même. Faire La Forêt des livres sans lui ? Au fond, pourquoi pas. Les gens allaient vers Gonzague car il avait une présence quasi chamanique. Et aujourd'hui encore, d'une certaine manière, Gonzague Saint Bris est toujours là. Les gens viennent comme en pèlerinage[1]. »

À la sortie de Loches, Gonzague avait acquis un bâtiment à l'abandon où il entassa des milliers de livres. Nadine Théret s'y rend régulièrement pour les classer, après avoir archivé la documentation de l'écrivain, ses manuscrits et les innombrables coupures de presse le concernant. C'est au Clos Lucé que cet ensemble a

1. Propos recueillis par Pierre Schmidt.

été regroupé, sur lequel veille Marie-Claude Mahiette. « À chaque fois que revient l'été, racontait Gonzague Saint Bris, je me retrouve au même endroit, debout dans la galerie fraîche et ombragée du château du Clos Lucé d'Amboise. [...] La lumière y est belle du matin au soir. Elle évolue au lever du jour entre une limpidité un peu dure et une blanche transparence, tandis qu'au coucher du soleil sa douceur azurée est griffée d'or rougeoyant et parfois de nuages effilochés du plus beau mauve. Depuis que je suis enfant et depuis que dans ces jardins je joue à la bataille de Marignan ou à celle de Pavie, on m'a toujours dit de ce ciel qu'il était un ciel d'Italie[1]. »

Le jour de la mort de Gonzague Saint Bris, l'écrivain Gérard de Cortanze, éditeur de sa biographie de Louis XI, lui adressa, via son smartphone, une image de Léonard de Vinci. « Me trouvant en Italie, j'ignorais que Gonzague venait de disparaître dans un accident de voiture. Le célèbre autoportrait du maître toscan était reproduit sur un mur de Florence. Je lui ai envoyé en signe d'amitié. Aucune réponse de sa part. C'était le 8 août 2017... »

Gonzague Saint Bris ne venait jamais par hasard, ni pour se distraire, au Clos Lucé. « Mais uniquement parce que j'ai rendez-vous avec quelqu'un qui a déjà tout vu pour avoir tout inventé. Il est mort maintenant, mais son autoportrait le laisse en vie. Chaque année, je suis donc devant Léonard de Vinci en personne et chaque année je lui raconte. Des riens, évidemment. Mais tout de même. Chaque fois, sous l'éclair doré de l'été, je

1. *La Nostalgie, camarades !*, *op. cit.*

lui rapporte ce qui est nouveau, mais invariablement il connaît déjà[1]. »

Au début du printemps 1516, le maître de la Renaissance traversa les Alpes pour rejoindre François Ier et le château du Clos Lucé. Cinq cents ans plus tard, Gonzague, en tenue d'époque, a suivi le chemin de l'illustre artiste. À dos de mulet, il emportait une copie de *La Joconde* sur fond bleu, dans ses couleurs d'origine. « C'est du plus beau belvédère d'Europe, le Semnoz, qui donne sur la chaîne des Alpes et la majesté immaculée du mont Blanc, que, arrivé au pic de son périple, le peintre élabore sa théorie du bleuissement des lointains. De sa main magicienne sur l'ivoire du parchemin, il écrit : "Notre corps est au-dessous du ciel et le ciel au-dessous de l'esprit."[2] »

Convoqué par son père le jour de ses treize ans, Gonzague ne s'attendait pas à un tel cadeau d'anniversaire. « Devant la cheminée Renaissance de la salle des gardes où brûlaient les bûches de la forêt d'Amboise, cet homme impressionnant, héros de la guerre et diplomate, m'a dit : "Tu as l'âge de la toge prétexte chez les Romains, de la majorité chez les rois de France, je t'autorise à aller dormir dans le lit de Léonard, ça te donnera des idées." Quel beau cadeau d'anniversaire ! Et c'était vrai, cela m'a donné des idées. Cette nuit-là, les paupières soudées par le sommeil, j'ai fait un rêve ; j'ai cru voir les vraies couleurs de la *Joconde*. Comme

---

1. *Ibid.*
2. « Quand Gonzague Saint Bris suivait les pas de Léonard de Vinci », *Paris Match*, 3 février 2015.

disait Léonard : “Seul ce qui peut être vu peut être compris[1].” »

Fasciné par le génie de Léonard à qui l'on attribue toutes sortes d'inventions, Gonzague Saint Bris n'aura de cesse de vouloir innover à sa manière. Il fut l'un des premiers à créer des clips culturels et à utiliser un drone pour filmer et scruter le monde. « Le vrai génie du Vinci, souligne Sophie Chauveau, c'est lui, et son chef-d'œuvre, c'est sa vie. » Quête mécanique ou quête métaphysique, des milliers de pages à lui attribuées contiennent le rêve renaissant dont son nom est aujourd'hui le synonyme. Alors que cet homme, aux tremblements de doute, qui craignit toujours d'être un imposteur, exprimait tout le malheur mais aussi toute la vérité de l'artiste : « Le chagrin de n'être pas à la hauteur de son propre jugement[2]. »

Déguisé en Léonard, Gonzague est attablé devant le lit où mourut son héros dont la légende ne cessera de le hanter. Une bougie éclaire les feuillets qu'il a écrits : « Le grand conservateur du Louvre Pierre Rosenberg, de l'Académie française, a toujours dit que la *Joconde* était bleue, mais en 2014 la découverte d'une toile oubliée du musée du Prado le confirme. *Mona Lisa* du Prado révèle une *Joconde* juvénile, mais avec le même sourire énigmatique que la *Joconde* du Louvre. [...] Il s'agit “probablement de la première copie connue de la *Joconde*”, affirme Miguel Falomir, le conservateur de l'art italien du musée. Elle a été exécutée dans l'atelier du peintre par

1. *Ibid.*
2. Sophie Chauveau, *Le Point*, 9 août 2018. Autrice de *Léonard de Vinci*, Gallimard, coll. « Folio biographies », 2008.

l'un de ses élèves, à la même époque que l'original. [...] En traversant les Alpes à dos de mulet, il m'a été donné de connaître la volupté d'une vision exceptionnelle : le passage de la toile au sommet du Semnoz. Dans une mer de nuages mêlant le bleu et le blanc, l'œuvre rencontrait ses teintes d'origine[1]. »

Le roi François Ier lui offre le Clos Lucé et organise en son honneur de somptueuses fêtes. Celle du Paradisio, le 17 juin 1518, voit apparaître un lion mécanique crachant des fleurs de lys aux pieds du souverain. « Un des automates de Vinci ! Au Clos Lucé, Léonard est l'ingénieur dont tout roi a rêvé. [...] Il imagine ainsi pour François Ier le château fou de Romorantin, plus beau que tout ce qu'on a vu jusqu'alors, avec des allées d'eau comme à Venise, des portes qui s'ouvrent sans aucun mouvement humain, comme dans les aéroports, et même la téléphonie entre les appartements ! [...] Si Machiavel donne aux puissants des leçons de cynisme, Léonard leur offre un autre message : "La perfection extérieure est la beauté, la perfection intérieure est la bonté." Mais, au-dessus de tout, il plaçait sa grande, sa primitive passion : "La science de la peinture est tellement divine qu'elle transporte l'esprit du peintre en une sorte d'esprit de Dieu." »

Parti depuis Rome, accompagné de son serviteur Battista da Villanis, de son assistant Francesco Melzi et de Salaï, son disciple âgé de quinze ans, Léonard de Vinci se rendit jusqu'à la vallée d'Aoste, puis emprunta la voie romaine et le chemin des muletiers. Un voyage de trois mois au

1. « Quand Gonzague Saint Bris suivait les pas de Léonard de Vinci », *op. cit.*

cours duquel il dessine en permanence ce qui l'entoure. Le périple de Gonzague Saint Bris ne durera que quelques jours en compagnie du Tourangeau Jean-Baptiste Leroux, photographe de paysages et de jardins, auteur de beaux livres dont *Venise itinérance*[1]. Passionné par la nature et la beauté sauvage de sa faune, le photographe Pierre Schwartz est aussi du voyage. Ses plus belles images seront exposées à la galerie Vinci de Tours. Spécialiste des prises de vues aériennes avec drone, il travaille avec Gonzague pour la série de clips culturels. Certains seront diffusés par le Tube, réseau câblé éphémère du métro parisien. Quand Pierre Cardin, de l'Académie des Beaux-Arts, les a visionnés – notamment celui racontant la vie du marquis de Sade, tourné au château de Lacoste qui lui appartient –, le couturier s'est exclamé « C'est une nouvelle façon de lire ! » « Ce ne sont pas seulement des clips, ce sont aussi des poèmes », a renchéri le sculpteur Claude Abeille, également membre de l'Institut de France.

En 1986, nommé chargé de mission pour les Nouvelles Images au ministère de la Culture et de la Communication, Gonzague Saint Bris se serait bien vu calife à la place du calife. Un Jack Lang de droite ? « Il aurait été un formidable ministre de la Culture, dit Jean-Marie Rouart. Il aimait la beauté et les grands gestes. Il nous élevait. C'est quelqu'un qui nous permettait de vivre différemment dans ce monde qui est quand même archi-médiocre. Il y a aujourd'hui un abaissement spirituel et esthétique effrayant[2]. »

1. Avec Pierre Rosenberg, Imprimerie nationale, 2011.
2. Propos recueillis par Pierre Schmidt.

11

« Au nom du président de la République et en vertu des pouvoirs qui nous sont conférés, nous vous faisons chevalier de la Légion d'honneur. » En 2011, selon la formule consacrée, Gonzague Saint Bris remet les insignes à sa mère Agnès. Lui-même les avait reçus des mains d'Alain Decaux, de l'Académie française. Avec Jean Tulard, spécialiste de l'époque napoléonienne, c'était l'un des rares historiens à le prendre au sérieux.

L'élégance de la vieille dame de quatre-vingt-sept ans, en veste couleur framboise, dément ce que disait Coco Chanel qui refusa la décoration : « Un ruban rouge, ça met en l'air un tailleur. » Le clan familial des Saint Bris et les salariés de la société du Clos Lucé, ainsi qu'une centaine d'invités, assistent à l'événement. Ils sont venus honorer le parcours d'une femme de conviction, comme l'a rappelé Claude Greff, députée d'Indre-et-Loire, aux côtés de Christian Guyon, maire d'Amboise.

À la fois ému et théâtral, Gonzague est pourtant dans ses petits souliers. Sa mère risque de le gronder en public s'il joue l'écrivain qui snobe son frère François, président du Clos Lucé. Maître de cérémonie, celui-ci rappelle avec pudeur et respect filial les efforts de l'impétrante pour valoriser le site après le décès de son époux. Le jour des obsèques d'Agnès dans l'intimité, au cimetière d'Amboise, François Saint Bris évoquera la femme d'action : « Quand elle était jeune, elle voulait aller sur la Lune, devenir astronaute. Elle est allée à vélo de Tours aux îles de Lérins, en face de Cannes. Elle est allée aussi du Canada au Japon sur un cargo. »

L'exploitation touristique du Clos Lucé sera une autre sorte d'aventure. Hubert Saint Bris en est l'unique héritier car son frère chanoine, ayant fait vœu de pauvreté, lui céda généreusement sa part. Avec le château de Beauchêne, le couple se retrouve à la tête de deux vastes demeures. « Hubert m'a souvent dit qu'avant de disparaître sa mère lui répétait sans cesse : "Tu sais, plus tard, tu n'auras que des charges avec ces grandes bâtisses." C'était vrai : il y avait du travail. Mais cela en valait la peine. Les façades en pierre et en brique, les fenêtres, les toitures, les parquets, les poutres, le mobilier, il fallait tout restaurer, mais avec quel argent[1] ? »

Ouvrir l'endroit au public est la solution qui s'impose. Mais il faut d'abord le faire connaître. Agnès et Hubert vont remuer ciel et terre. Ils deviennent les meilleurs communicants de ce lieu historique vanté aujourd'hui dans les gares par des panneaux publicitaires. Agnès Saint Bris passe ses journées dans les bibliothèques pour rassembler des informations sur le Clos Lucé et la vie de Léonard de Vinci, afin de rédiger des articles pour des magazines et des guides touristiques.

---

1. Agnès Saint Bris, *Belle est la vie*, *op. cit.*

« Enfin, les premiers visiteurs sont arrivés, qui ont alors permis de financer d'autres travaux. Il ne s'agissait plus de briques et de plâtres mais de peintures : nous venions de découvrir deux fresques sublimes et nous nous plaisions à les imaginer signées de Léonard. Si elles n'étaient pas de lui, peut-être avait-il peint la Pomone de la cheminée ? Le Louvre s'est emparé du sujet. Nous avons alors fait appel à un architecte des Beaux-Arts spécialisés dans la Renaissance : nous tenions à ce que les moindres recoins du manoir respectent la vérité historique[1]. »

Le Clos Lucé est en pleine… renaissance. Terrain de jeux pour les enfants. Au milieu des chantiers, ils s'en donnent à cœur joie. « Ils avaient déniché dans la malle à déguisements les vieux vêtements des grand-mères et se prenaient pour des contemporains de François Ier. Enfilés à l'envers et avec leurs boutons nacrés, les corselets faisaient de parfaites jaquettes. Mal ajustées, les vestes de velours formaient de jolies manches ballons et les morceaux de taffetas rouge ou bleu que je consentais à leur coudre au col ou aux poignets achevaient de les métamorphoser. Il nous arrivait parfois de mettre les tables en “H”, comme à l'époque, pour dîner. Ces soirs-là, les enfants avaient bien sûr le droit de rester déguisés[2] […]. » Mais ce dont ils raffolent le plus, ce sont les grandes fêtes organisées dans le parc pour la ville d'Amboise. Un repas typique est servi aux convives. Le banquet se compose de jambon grillé, d'une soupe épaisse et de faisan encore plumé, comme sous François Ier. Dans sa tenue de petit prince

1. *Ibid.*
2. *Ibid.*

de la Renaissance, le jeune Gonzague se nourrit surtout de ses rêves qui l'emportent dans un monde féerique.

L'écrivain doit-il se donner en spectacle ? *Le Figaro littéraire* du 12 octobre 1992 a interrogé des auteurs médiatiques. Ils répondent, photographiés dans le déguisement qu'ils ont choisi. Jean-Edern Hallier en bourgeois de Calais, la corde au cou, Philippe Sollers en marquis de Sade, Pierre Combescot en Carmen, Marc-Edouard Nabe, en Grand Turc, Paul-Loup Sulitzer en d'Artagnan, Serge Lentz en Lacenaire, Gonzague Saint Bris en général de La Fayette. « On se fait beaucoup d'illusions, dit-il, sur la médiatisation actuelle des écrivains qui, pour livrer leurs messages, passent tout de même bien après les stars du showbiz ou les vedettes du sport. Notre fin de siècle n'accorde pas aux auteurs l'importance que leur a donnée le grand XIXe. Médiatiques, ils l'étaient bien plus que nos contemporains : par la multiplication de son effigie, on reconnaissait Chateaubriand à tous les postes-frontières ; Lamartine était si populaire dans les villes et les campagnes qu'il faillit être élu président de la République ; sans parler de Charles Dickens, parcourant les États-Unis et racontant “en direct” son roman *Oliver Twist* à des foules fascinées. [...] Être médiatique ou ne l'être pas, là n'est pas la question, puisque cela n'ôte ni n'ajoute de valeur à l'œuvre elle-même. Et puis, il y a tant de façons de l'être, jusqu'à cultiver l'opacité comme Patrick Modiano ; ou, suprême détachement, refuser de participer au grand jeu, comme Julien Gracq[1]. » Ce dernier,

1. *Le Figaro littéraire*, 12 octobre 1992, propos recueillis par Soline Martin.

dans *La Littérature à l'estomac*, donnait cette définition de l'écrivain médiatique : « Il participe à la fois de la silhouette familière des panneaux-réclame, de la personnalité mondiale, de l'arbitre des modes, du directeur de conscience au rabais, prodiguant au hasard des magazines la menue monnaie des recettes morales et sentimentales, du grand-prêtre de religion secrète, du monument public et du fakir birman[1]. »

L'écrivain et journaliste Bruno de Cessole fait ce constat : « L'une des singularités de la France littéraire n'est-elle pas que la demande de vedettes médiatiques, de "grands écrivains", au travers desquels les foules se revanchent par procuration de l'anonymat ingrat qui est leur lot et satisfont leur désir diffus de reconnaissance, l'emporte sur l'offre[2] ? » En 1951, Julien Gracq refuse le prix Goncourt attribué à son roman *Le Rivage des Syrtes*. Cette attitude spectaculaire – il est le premier écrivain à réagir ainsi – fera de Louis Poirier, son véritable patronyme, professeur d'histoire-géographie au lycée Claude-Bernard de Paris, une vedette médiatique qui n'aimait pas beaucoup les journalistes. Bien des années après ce coup d'éclat, il acceptera, de temps en temps, de rencontrer un représentant de la presse écrite. J'ai bénéficié plusieurs fois de ce privilège. En ouvrant la porte de sa maison de Saint-Florent-le-Vieil, en Anjou, ou de son studio parisien de la rue de Grenelle acheté grâce aux ventes du Goncourt, il faisait confiance à ses interlocuteurs. Jérôme Garcin a

---

1. Julien Gracq, *La Littérature à l'estomac*, José Corti, 1950.
2. Bruno de Cessole, « Haro sur les médiatiques ! », *Le Figaro littéraire*, 12 octobre 1992.

été de ceux-là, tout comme Gonzague Saint Bris que le romancier de *La Chute de cheval*, responsable du service culturel de *L'Obs*, n'estime pas du tout. Sa réputation de mondain l'exaspère. Ainsi fut-il choqué d'apprendre que le jury Interallié lui avait attribué son prix pour *Les Vieillards de Brighton*, au second tour de scrutin, par six voix contre trois à Vassilis Alexakis et deux à Gilles Lapouge. Gonzague Saint Bris et Jérôme Garcin obtiendront l'un et l'autre le prix des Romancières, créé en 1999 par Jacqueline Monsigny : le premier en 2006 pour *L'Enfant de Vinci*, le second en 2014 pour *Bleus Horizons*.

Julien Gracq complimenta Gonzague pour son roman : « Les vigoureux apports imaginatifs qui surgissent – pour vous particulièrement – de la vallée de la Loire, habitée, naviguée, rêvée, photographiée par vous, vous ont donné un de vos meilleurs livres. Le temps y devient flexible et l'histoire s'y incorpore familièrement. » De sa maison qui surplombe la Loire, l'écrivain est non loin de la statue élevée par David d'Angers à la gloire du général de Bonchamp. Le chef vendéen avait épargné, alors que lui-même allait mourir, une centaine de soldats républicains menacés d'être fusillés par les Chouans.

« Ce pays est tellement marqué par les guerres de Vendée qu'on découvre, non loin de là, plusieurs statues de la Vierge, plusieurs champs de martyrs et que même Julien Gracq rêve quelquefois qu'il accompagne dans sa fuite éperdue la bouillante et audacieuse duchesse de Berry[1]. » Gonzague Saint Bris, qui se rend régulièrement en Vendée, est à l'écoute du discret écrivain de

1. *La Nostalgie, camarades !*, *op. cit.*

Saint-Florent-le-Vieil, propriétaire d'un appartement à Saint-Jean-de-Monts d'où il peut voir la mer. Gonzague, Edouard et Jean, l'aîné, découvriront ensemble l'océan Atlantique en allant chez une sœur d'Agnès Saint Bris qui avait loué une petite maison située à Saint-Vincent-sur-Jard, à proximité de la modeste maison de Clemenceau. Le « Tigre » l'appelait sa « cabane de paysan ».

« La bicoque de ma tante était dans les champs et au bout il y avait la mer, se souvient Edouard. On ramassait le goémon. Des années plus tard, Gonzague ira écrire à Ker Anna, une ancienne maison d'ouvrier transformée en chambre d'hôte. Il faut dire qu'en 1940 notre mère et ses sœurs Madeleine et Geneviève ont été envoyées en Vendée chez une amie, Mme d'Andigné. Elles ignoraient que cette personne hébergeait déjà une bonne vingtaine de réfugiés. C'était difficile de nourrir tout le monde. Je sais qu'elles ont eu du mal à revenir à Chanceaux. »

Gonzague et Edouard, chacun avec sa valise, sont au bord de la route. C'est en stop qu'ils rejoignent le lycée Saint-Joseph de Tivoli de Bordeaux, au lieu de prendre le train. Agnès Saint Bris, par souci d'économie, préfère les voir partir ainsi vers les bords de la Garonne. Les deux frères se chamaillent souvent en levant le pouce. Ils ne monteront pas toujours dans la même voiture. Chez les jésuites de Tivoli, la vie quotidienne est réglée comme du papier à musique. Sous peine d'exclusion, il faut se plier à la discipline.

Le bulletin des anciens, précise que Gonzague – promotion 1967 – est resté deux ans à Tivoli. « Il avait été inscrit par le père Duvoisin. Il laisse à tous ceux qui ont été ses compagnons tivoliens l'image d'un garçon original et brillant. Pas scolaire du tout – généreux et fidèle en amitié. Il a gardé jusqu'au bout des contacts avec ses congénères tivoliens. Les souvenirs qu'il évoquait avec eux traduisaient toujours un attachement reconnaissant et respectueux à tous ceux qui l'avaient accueilli à Bordeaux. Il dédicaçait ses livres à ses amis tivoliens en indiquant : "Gonzague, ancien de Tivoli" et faisant allusion aux revues scolaires auxquelles il avait participé, dont l'une, mystérieuse – elle n'avait peut-être jamais existé – *Le Tivoli déchaîné.* »

« J'ai échoué au bac en 1966 et c'est ma grande fierté, confiera-t-il à Daniel Casadebaig, un de ses condisciples à Tivoli. [...] J'avais de très bonnes notes dans les matières littéraires. Mais les mathématiques et les sciences naturelles ne m'intéressaient pas. Pendant les cours de dissection des grenouilles, je lisais, en effet, des citations de Shakespeare. Malheureusement, le jour de l'épreuve de philosophie, je me suis planté. J'en veux à M. Kant ! À cause de cet imprévu, je n'ai pas eu mon bac. Sur le coup j'étais quand même un peu déçu, mais j'ai positivé. Je me suis dit qu'il fallait que je passe à la vitesse supérieure en pensant à cette phrase de Balzac : "J'appartiens à ce parti d'opposition qui s'appelle la vie." Mon échec, en revanche, a traumatisé mon père, un diplomate qui était très sévère. Mais deux ans plus tard, à seulement vingt ans, je publiais une chronique en première page du *Figaro*. Cela a effacé l'humiliation du bac. J'ai ainsi consolé le père[1]. » Les événements de mai 1968 ont

1. Gonzague Saint Bris, « J'en veux à monsieur Kant », *Le Parisien*, 18 juin 2012.

mis un terme à la scolarité des deux frères. « Nous nous sommes retrouvés à nouveau au bord de la route, me dit Edouard. À cause de la pénurie d'essence, les voitures étaient rares. Finalement, c'est un camionneur, remontant sur Paris, qui a été notre sauveur. »

Plutôt que de rentrer en Anjou, Gonzague Saint Bris s'installe chez François Claudel, à Chatou. Le petit-fils du dramaturge et diplomate Paul Claudel, frère de la sculptrice Camille Claudel, se souvient de son grand-père comme d'un « lien entre le ciel et la terre ». François Claudel habite une propriété de famille. « Ses parents étaient des amis des miens. Nous les avons connus au Maroc où mon père avait été nommé conseiller financier à l'ambassade de France à Rabat », se souvient Edouard Saint Bris. À Chatou, la cohabitation n'est pas de tout repos. Gonzague, dans un accès de colère, met à la porte François et jette sa valise par la fenêtre ! Pris de remords, il s'agenouille devant son ami et lui demande pardon.

C'est dans le quotidien *La Vigie marocaine* que le jeune Saint Bris publiera ses premiers articles. L'écrivain Salim Jay, qui a vécu au Maroc de 1957 à 1973 – son père fut le poète officiel du roi Hassan II –, me le confirme : « Rien de transcendant. Des comptes rendus sur la voirie et l'état du réseau routier. » L'appel du journalisme sera précédé par celui du service militaire. Réformé, il avait dit à son père qu'il voulait quand même « faire son service ». Avant de quitter la vie civile, Gonzague va voir une voyante qui lui prédit un avenir de séducteur. « Beaucoup de femmes autour de vous. Il y en a une qui conduit une voiture. Faites attention. » Première alerte confirmée par Pascale Lafargue. Lors d'une mondanité, la parapsychologue l'aperçoit en train de plaisanter. Elle lui prend la main. Il devint livide. « Que voyez-vous pour moi dans un futur proche ? » Elle avait ressenti que l'écrivain était en danger…

Dans les nuits agitées de Gonzague, les rêves se succèdent. Celui d'un couple d'une grande et inhabituelle beauté lui procure d'étranges sensations. « Lui est mince, grand, élégant, elle diffuse un nuage de mystère et son altière personne ne pourrait être décrite tant sa splendeur est éblouissante. J'ai remarqué ses mains, longues et blanches, ses doigts bagués et comme fatigués de tant de riches fardeaux multipliant leurs éclats. Elle penche souvent la tête sur la gauche, elle a l'air triste et tendre. Lui fait tout pour la servir, la mettre en valeur, montrer sa déférence amoureuse où se perçoit la douceur du vrai maître. On pourrait les rencontrer sur un paquebot qui va couler mais ne bougeant pas, contemplant la mer au loin, demeurant des images si parfaites au beau milieu de l'atroce désordre. Malgré sa douceur la femme semble fatale. Elle l'attire. Je ne sais plus si elle lui veut du bien[1]. »

Tout cela n'appartient d'ailleurs qu'aux impressions d'un demi-sommeil. Comme en Normandie, dans la nuit du 7 au 8 août 2017, l'amour, la mort et la mer sont entrés dans l'infini de l'obscurité.

---

1. « Le romantisme absolu », *Playboy*, juin 1978.

12

La naissance de Gonzague Saint Bris, un mois avant terme, aura des conséquences : corps malingre, santé toujours fragile, nerveux, enclin à des sautes d'humeur. Jusqu'à l'adolescence, ce ne sera pas un garçon de tout repos. Après la visite médicale, cela le chagrine d'être rejeté par l'armée. « Comme j'étais trop maigre, on m'avait renvoyé dans mes foyers. » Il demande à son père d'intervenir en faisant jouer ses relations.

Grâce à ce « piston à l'envers », il sera incorporé au 11e RAMa à Dinan. « Étant un garçon difficile, on m'a affecté aux troupes d'intervention. Le baby-boomer – vingt ans en Mai 68 – va devenir le lettré du régiment.

Après avoir fait ses classes au camp d'instruction d'Aucaleuc, il rejoint la caserne Du Guesclin. Presque cinquante ans plus tard, début février 2014, Gonzague est revenu sur son passé militaire. Devant l'ancienne caserne transformée en hôtel trois étoiles – celles d'un général de division ! –, il évoque ses souvenirs : « On faisait pas mal de manœuvres à Coëtquidan. À la tête d'une batterie, je n'étais pas très doué. On faisait surtout beaucoup de surveillance aux abords de l'usine marémotrice de la Rance inaugurée par le général de Gaulle en 1966. Les menaces du Front de Libération de la Bretagne – les dynamiteurs du FLB étaient très actifs – nous obligeaient à être présents nuit et jour[1]. »

En marge de ses occupations de bon petit soldat, il n'oublie pas que c'est à Dinan qu'il a fait ses premières armes professionnelles. « Presque en arrivant, j'ai créé un journal à la caserne que j'avais appelé *Le Bigors-rama*. Les *bigors*, c'est le nom qu'on donne aux militaires servant dans les régiments d'artillerie de marine. C'était un petit journal très libre, ronéotypé, où l'on avait une partie sur le matériel de l'armée. Dans l'autre partie, tout le monde pouvait écrire quelque chose sur ce qu'il connaissait bien. Je me souviens surtout des articles sur Gainsbourg et de très beaux poèmes, il y avait des Rimbaud ici aussi[2] ! »

Rapidement, devant le succès de son journal, Gonzague Saint Bris en a la charge principale et se voit délivré de certaines basses besognes. C'est d'ailleurs aussi de la caserne Du Guesclin qu'il s'inspirera pour sa future émission à succès sur Europe 1, quelques années plus tard, lorsqu'il se cache pour écouter les conversations au standard. « De 1975 à 1980, j'animais une émission, "La Ligne ouverte", où n'importe qui pouvait m'appeler pour se confier. C'est comme ça que j'ai eu un cambrioleur qui m'appelait de l'appartement

1. Propos recueillis par Agnès Estèves-Da Silva, *Le Petit Bleu des Côtes d'Armor*, février 2014.
2. *Ibid.*

qu'il était en train de cambrioler, et même un tueur à gages[1]. »

Ses camarades de chambrée apprécient son talent d'homme de plume. « Parfois, le samedi soir, on allait au bal et, quand on revenait, je me transformais en écrivain public. » Il dictait à ses copains des lettres enflammées destinées aux jeunes filles qu'ils avaient serrées de près et tenté d'embrasser.

Pendant ses permissions, Gonzague marche dans les pas de Victor Hugo et Chateaubriand : à Dinan, Plancoët, Saint-Malo, Combourg, la forêt de Brocéliande. Il lui arrive aussi de se rendre à Paris où il demande à son frère Edouard de l'amener au Rond-Point des Champs-Élysées, devant l'immeuble du *Figaro*. Trois ans plus tard, il y fera son entrée comme stagiaire. Jean-Marie Rouart, qui appartient à la rédaction, apprend à mieux le connaître au cours d'un déjeuner. « Il m'avait invité dans un petit bistrot derrière *Le Figaro*. On est devenu très copains. Je l'ai présenté à Laurence Scherrer, un ancien mannequin, épouse du couturier Jean-Louis Scherrer. On dînait chez eux, rue Surcouf. Il y avait toujours de très belles filles. Laurence adorait Gonzague. »

Au *Figaro littéraire*, Jean Chalon et Bernard Pivot vont être étonnés par ce jeune homme qui brandit *Le Diable au corps* de Raymond Radiguet en édition de poche. « Vous l'avez lu ? C'est formidable. Vous devriez interviewer l'auteur ! » Gonzague Saint Bris était-il sérieux ? Se moquait-il d'eux ? Jean Chalon se le demande encore. En 1973, Jean-Marie Rouart et Gonzague Saint Bris enverront ensemble

1. *Ibid.*

un télégramme de félicitations à Jean d'Ormesson, élu à l'Académie française. La même année Yves Mourousi publie *Les 300 inévitables*, où ni Rouart ni « Jean d'O » ne figurent. En revanche, on y trouve Jean Cau, Georges de Caunes, François Chalais, Jacques Chazot, Georges Cravenne, créateur des César du cinéma en 1976, né sous le signe du Verseau comme Gonzague. À la question : « Avez-vous des idoles ? », celui-ci répond : « Il ne faut jamais dire : "Je serai Victor Hugo ou rien", parce que l'on devient rien – ou Victor Hugo, ce qui est pire encore. Donc, pas d'idoles[1]. »

Mourousi, journaliste de télévision et de radio, présentateur-vedette du journal de 13 heures de TF1 de 1975 à 1988, l'interroge à feu roulant :

« Quel genre d'enfant étiez-vous ?

— Tourmenté à cause des questions que l'on allait me poser vingt-quatre ans plus tard.

— Qui est selon vous l'incarnation du bon goût ?

— Mon père, mais je suis son fils. Mon père, parce que je suis son fils. Mon père, même si je n'étais pas son fils.

— Qui est selon vous l'incarnation du mauvais goût ?

— La femme du colonel le jour où le colonel devient général.

— Cherchez-vous votre nom le matin dans le journal ?

— Oui, je suis journaliste.

— Aimez-vous passer inaperçu ? Pourquoi ?

— Non, je n'aime pas passer. Et surtout pas inaperçu. Pourquoi ? Pour les mêmes raisons que les autres. Ce qui signifie pourtant : ne pas être pris pour un autre[2]. »

---

1. Yves Mourousi, *Les 300 inévitables*, Julliard, 1973.
2. *Ibid.*

Dans l'avant-propos de son ouvrage, Yves Mourousi, après avoir passé en revue les « inévitables », espère qu'ils ont répondu franchement, afin que l'on ne dise plus n'importe quoi sur eux. « Ici, à travers les réponses, le caractère transparaît et je ne doute pas que nombreux seront les psychologues qui s'intéresseront à cette véritable étude de caractères. [...] Qu'on ne nous reproche pas d'avoir écrit un livre snob pour snobs. D'autres s'en chargent[1]. »

Qui est snob ?, le premier livre de Gonzague Saint Bris, paraît en août 1973 dans la collection « Parti pris » chez Calmann-Lévy. La couverture est illustrée par Ronald Searle. En quatrième de couverture, un portrait de l'auteur signé par le photographe Paul de Cordon. Gonzague courtise sa fille, Mahaut de Cordon. Il sera même question de mariage. « Ce livre, souligne l'éditeur, est plus qu'un simple pamphlet. C'est l'annonce d'une révolution esthétique, sociale et culturelle dont les signes avant-coureurs sont déjà au coin de la rue. »

« Le snobisme comme la stratégie est une science exacte, commente Saint Bris en introduction. [...] J'ai été élevé dans l'idée de l'avènement du style Renaissance II. C'est autre chose, évidemment. Le snobisme est une chose grave, ce qui ne veut pas dire, Dieu merci, que c'est une chose sérieuse. Mais le snobisme est la manière la plus étonnante de comprendre ce qui se passe, c'est le vestibule des rapports sociaux, l'entrée dans les grands salons de la pensée, le porche d'une cour pavée d'événements, la serrure des chambres privées. Le snobisme

1. *Ibid.*

c'est assister à la bataille d'Azincourt sans savoir que se joue la guerre de Cent Ans. Aujourd'hui Azincourt n'est plus rien, mais pour notre siècle le snobisme devient une nouvelle guerre de Cent Ans. [...] Le snobisme c'est vous ou moi – ou plutôt moi et vous. Comme l'enfer, le snobisme c'est les autres[1]. »

« Vous entrez dans ce livre comme dans une conversation, précise-t-il. Je n'aurai certes pas l'impolitesse de parler seul jusqu'à la fin. » Son « Questionnaire sur le snobisme » a été adressé à des personnalités aussi diverses que le duc de Brissac, la princesse Bibesco, le prince Napoléon Murat, Paul Guth, Jean d'Ormesson, Jean-Louis Bory, Jean Dutourd, Maurice Rheims, James de Coquet, Jean-Louis Curtis, Pierre Daninos, Ghislain de Diesbach, Jean Fayard, René Héron de Villefosse, Jacques Laurent, Félicien Marceau, Roger Peyrefitte, Jacques de Ricaumont, Olivier Todd, Pierre Gaxotte, Jacques de Lacretelle, François-Régis Bastide, Georges Mathieu, Marcel Mithois, Marcel Achard, Victor Vasarely, Françoise Parturier, Dominique de Roux, Pascal Jardin, Paul Giannoli, Michel Robida, Philippe Jullian, Alain Bernardin, Claude Terrail, Maud Sacquard de Belleroche, Serge Gainsbourg. Beaucoup de ces noms ne résonnent plus dans les mémoires. Certains résistent mollement au temps. La plupart ont été recouverts par les cendres du passé.

Jean d'Ormesson explique comment le snob satisfait ainsi par un jeu de miroirs subtil son goût de l'intégration : « Le snobisme ne porte pas seulement sur des

1. Gonzague Saint Bris, *Qui est snob ?*, Calmann-Lévy, 1973.

apparences, mais sur des apparences d'apparences, et ces apparences d'apparences elles-mêmes, il ne s'agit même plus de les conquérir, mais simplement de les contempler dans une reconnaissance mutuelle du supérieur par l'inférieur et de l'inférieur par le supérieur qui culmine dans l'agrégation. Il n'est pas impossible que le snobisme appartienne, comme le suggère Paul Morand, à un certain stade de la démocratie, entre la monarchie absolue, d'un côté, où il s'agissait seulement, d'après Saint-Simon, de ne pas "tourner le dos à la mangeoire" et, de l'autre côté, la société sans classes. J'ai pourtant tendance à croire que la vanité des snobs pourra toujours satisfaire des gendres de Khrouchtchev, des épouses de Mao, ou des hippies à la mode, comme elle se satisfaisait naguère de Mme de Greffuhle ou de la duchesse de Guermantes. Seulement, évidemment, ce sera moins joli. »

Serge Gainsbourg a des réponses laconiques. « Le snobisme, c'est une bulle de champagne qui hésite entre le rot et le pet » ; « Le comble du snobisme, c'est prendre les autres pour ce qu'ils ne sont pas et les laisser pour ce qu'ils sont ». Sa plus belle histoire de snobisme : « Il était une fois à Dijon une petite fille et un garçon très snob. Ils se marièrent chacun de son côté, vécurent heureux ensemble et eurent beaucoup de moutarde : Grey-Poupon. » À Gonzague Saint Bris lui demandant qui devrait répondre à ce questionnaire, il cite Howard Hughes. Quant à ceux qui ne devraient jamais y répondre, il nomme : « Onassis. Niarchos. Getty. Rothschild. Et moi. »

Autre belle histoire de snobisme racontée par le journaliste Paul Giannoli : « Jacqueline de Ribes à Jacqueline

Onassis : “Et le repassage, vous le faites vous-même ?” » L’écrivain et dialoguiste Pascal Jardin donne cette définition du snobisme : « C’est emporter en exil le superflu, sachant que le nécessaire se trouve partout. » Le duc de Castries, élu à l’Académie française en 1972, rapporte cette anecdote « historique » : « Lucien Daudet, prince des snobs, m’a raconté qu’il n’allait pas dans les dîners où il n’était pas sûr de se trouver à la dernière place, car il les aurait cru composés de personnes trop inférieures pour qu’il daignât les fréquenter. Cela me paraît le sommet du snobisme. »

L’écrivain et critique Jean-Louis Bory, qui se suicidera en juin 1979, s’interroge sur celui qui ne doit pas répondre à un pareil questionnaire : « Je sèche. Ou personne – tout le monde est snob, peu ou prou. Ou, s’il est vrai que seul l’homme d’esprit sait l’être, trop de monde. Tout bien réfléchi, je ne trouve qu’un homme, il est imaginaire, c’est Robinson Crusoé. Et encore ! Robinson est parfois bien snob avec Vendredi. »

Gonzague Saint Bris ajoute ceci : « Le snob n’admire pas pour s’élever en permanence, il admire pour mieux écraser ceux qui n’ont pas le droit à son admiration. On ne regarde jamais assez les pieds des snobs, ils ont une forme particulière à force d’avoir piétiné la tête des autres. On pourrait croire là à un geste de violence, en fait c’est une expression de rage. La devise d’échec du snob est celle que lui a donnée Proust : “Assez de force pour désirer, pas assez pour vouloir”. »

Le correspondant à Paris du *New York Times* publie un long compte rendu de *Qui est snob ?*. « Gonzague Saint Bris, journaliste de vingt-cinq ans, enfant terrible de la ville et snob à ses heures perdues, a adressé un questionnaire à cent membres de la jet-set européenne, aristocrates, artistes et écrivains. Comme M. Saint Bris, tous sont répertoriés soit dans le *Who's Who* français, soit dans le registre social. [...] Sa carrière privée de snob date du jour où, enfant, il regardait par la fenêtre les jardins de l'Élysée, domicile du président français, de l'autre côté de la rue. "La reine Elizabeth, qui était en visite à l'époque, m'a regardé et m'a fait signe de la main, se souvient-il. Comme j'avais déjà passé trois ans en Angleterre, j'ai pensé qu'il était naturel qu'elle me reconnaisse." [...] Depuis la publication de *Qui est snob ?*, Paris a réagi en inondant M. Saint Bris d'invitations. "Plus je fais peur aux gens, plus ils m'invitent, a-t-il admis. Mais le cocktail que le comte Jacques de Ricaumont a donné pour mon livre m'a fait le plus grand plaisir de tous. C'est là qu'a eu lieu la réconciliation de deux grandes familles. La paix a été faite entre les Orléans et les Bourbons", a déclaré M. Saint Bris du haut de son "Ennui Chic". »

Le journaliste américain annonce que le livre sera bientôt traduit en anglais au profit des snobs qui n'ont jamais pris la peine d'apprendre le français. Et il va jusqu'à dire qu'il a été écrit au château du Clos Lucé où est mort Léonard de Vinci… et où est né M. Saint Bris !

13

« Gonzague était assez peu de son époque. Il ne vivait pas dans le même temps que tout le monde et l'époque d'où il semblait venir était un joyeux mélange de XXe siècle, de XIXe siècle et de Renaissance », constate Philippe Aubier, directeur de la librairie Fontaine Haussmann où jadis Marcel Proust, en voisin, s'approvisionnait en livres.

Léonard de Vinci, Balzac et Proust sont des références culturelles absolues. Avec Chateaubriand, Alfred de Vigny et Victor Hugo, elles irriguent ses veines de romantique militant, plein du feu poétique et des mensonges frivoles qui l'inspirent. « Gonzague Saint Bris dissimule un grand talent sous des masques baroques, des vols de dentelles, des flots de ruban bleu, écrit Jean d'Ormesson. On le voudrait tantôt plus strict et tantôt plus négligé. Mais quoi. Le temps, les chagrins, les échecs – et on les lui souhaite, avec confiance, aussi légers que possible – suffiront à le rapprocher de lui-même. À l'inverse de tant de gens qui feraient bien de s'éloigner d'eux, il n'a – que c'est simple ! que c'est difficile ! – qu'à avancer à sa rencontre. Voici, en un même bouquet bien inégalement réparti, la critique et l'éloge : le but, pour Gonzague Saint Bris, est de se ressembler[1]. »

Jean-Marie Rouart le dépeint ainsi : « C'est le seul "personnage" capable d'être fidèle à d'obscurs copains de régiment, une des rares célébrités à aimer aider d'autres à le rejoindre. Par la multiplicité de ses talents, il peut faire penser à Fregoli, mais le dernier masque ôté, on s'aperçoit qu'il est un écrivain rare. »

Philippe Aubier aura du mal à tourner la page Gonzague Saint Bris. Qu'on l'aime ou qu'on le déteste, un « personnage » pareil ne s'oublie pas facilement. Rien n'échappe à son regard ni à son oreille. À l'écoute du monde, tantôt rassurant et tantôt inquiétant. « Gonzague, je le sais, n'a pas fini d'étonner un monde qui a perdu le rite des stupéfactions », souligne Didier Decoin[2].

Fondée en 1834 par Auguste Fontaine, la librairie Fontaine Haussmann est un lieu de rendez-vous des proustiens, notamment Jacques Letertre, bibliophile, propriétaire de plusieurs hôtels littéraires dont Le Swann, rue de Constantinople, dans le VIIIe arrondissement. L'atelier d'artiste de Gonzague Saint Bris, rue Pelouze, est à proximité. « Gonzague aimait venir bavarder. Il regardait mes éditions originales et les lettres de Céleste Albaret exposées sous des vitrines. Avec Philippe Aubier, nous avons créé un prix qui porte le nom de la gouvernante de Marcel Proust. »

---

1. Cité par Alain-Louis Sire et Gilles Brochard, *La Bataille romantique*, *op. cit.*

2. Président de l'Académie Goncourt depuis le 20 janvier 2020, après la démission de Bernard Pivot. Son fils Julien est aussi écrivain.

Philippe Aubier se remémore ce samedi matin où Gonzague Saint Bris a surgi brusquement. « La librairie n'était pas encore ouverte et le quartier toujours endormi et silencieux, sans circulation. Un taxi tout à coup s'arrête en face, et je vois Gonzague dans un habit hétéroclite – une espèce de déguisement inspiré du XIXe siècle et de la Renaissance – sortir de la voiture, traverser le boulevard et se diriger vers la librairie. Pas un moment il n'a pensé que celle-ci pouvait être fermée. Il y avait de la lumière et, comme un papillon, il semblait irrémédiablement attiré par elle. Bien sûr, je lui ai ouvert la boutique. Que venait-il chercher ? Il fallait en tout cas le satisfaire immédiatement. Je n'avais pas le livre en question. Il est reparti avec un ouvrage de Max Genève sur Balzac que je lui avais recommandé. Cette fois-ci, il le paya car dans des salons et des soirées littéraires, il n'était pas rare de le voir partir avec, sous le bras, des livres d'auteurs avec qui il venait de discuter. Son côté sans-gêne d'aristo pouvant tout se permettre. Je l'ai même vu déchirer la page d'un de ses livres pour noter un numéro de téléphone ! »

Philippe Aubier et Gonzague Saint Bris siègent au jury du prix Du Guesclin[1]. Au déjeuner de délibération, se trouvent également Jean Tulard, Jean-Marie Rouart, Bruno Fuligni, Jean-Paul Desprat. « Le repas s'était bien passé, le jury avait choisi son lauréat, raconte Philippe Aubier. Tout le monde commençait à se lever quand tout à coup, sur un ton péremptoire, Gonzague demanda à prendre la parole. “Mes amis, je ne voudrais pas que

1. Créé en 2010 par l'association Cocktail & Culture. Depuis 2017, elle décerne un trophée Gonzague Saint Bris de la biographie.

l'on se quitte sans vous avoir parlé de mon dernier livre." Et chacun de se rasseoir pour l'entendre s'enflammer à propos de cette parution. Toujours en mouvement, il avait besoin d'un public. »

La première fois que Philippe Aubier croisa Gonzague, c'était à la librairie Fontaine de la rue Marbeuf, tout près des studios d'Europe 1 rue François-Ier. « Il passait de temps en temps. Jeune libraire, je dois dire que j'ai été impressionné de voir devant moi celui que j'écoutais au cœur de la nuit, à la radio. Nous avons été toute une génération d'adolescents à être au rendez-vous de son émission "Ligne ouverte" sur Europe 1. » L'un des pionniers des radios libres innovait, une fois de plus, en se lançant dans la bataille des ondes.

Le fondateur de Radio Méga l'O est un ancien membre du comité Riposte. Sa campagne d'affichage dans Paris reprenait une déclaration de François Mitterrand au micro de Radio Riposte, le 24 août 1979 : « Dans l'histoire de France, il y a toujours eu des moments où les hommes ont dû prendre des risques pour la liberté. » Et d'ajouter sur leurs affiches : « Nous avons l'intention de prendre ces risques pour cette liberté-là. » Après l'élection de Mitterrand à la présidence de la République en mai 1981, le comité est d'autant plus convaincu d'avoir raison de lutter pour la liberté d'expression de toutes les radios exclues de la bande FM. Dès juin, les radios libres se sentiront flouées par un gouvernement redoutant qu'elles n'attirent trop de mécontents. La libre parole est-elle de gauche ?

« Une radio peut tourner sans discours ni normes préétablies, remarque Patrick Fillioud. C'est ce qui crée une adresse à l'imaginaire, infiniment plus que les mots écrits ou l'image, comme se passant d'intermédiaire entre celui qui dit et celui qui écoute[1]. »

De plus en plus de radios pirates investissent la nuit hertzienne. À la fin de l'année 1980, le phénomène ne passe pas inaperçu. Un journaliste de *Libération* décrit ce qu'il qualifie de « mur de la démocratie sonore » : « La nuit, il se passe de drôles de choses. Alors que les lumières s'éteignent peu à peu et qu'apparaissent sur les écrans de télévision des myriades de petits points blancs hystériques, d'étranges dialogues se créent dans l'anonymat. Radios libres, réseaux téléphoniques, citizen band, radioamateurs envahissent le silence apparent des villes[2]. »

En 1975, des chasseurs de têtes en quête de nouvelles voix radiophoniques joignent Gonzague Saint Bris dans son repaire du lac de Côme, en Italie. Il est en train d'écrire son deuxième livre, *Athanase ou la manière bleue*, roman qui paraîtra l'année suivante chez Julliard, maison dirigée par l'éminent proustien Bernard de Fallois. « Leur appel m'a surpris. Mais dans une barque le soir, sous le vol des milans, je lisais aussi les lettres écrites en ce même lieu de Romano Guardini : "Un nouveau type humain devra naître, doué d'une spiritualité plus profonde, d'une liberté et d'une intériorité assez malléable

---

1. Patrick Fillioud, « Qui a peur des radios libres ? », *Playboy*, mars 1982. L'auteur de l'article, qui milite pour la libération des ondes, est le fils de Georges Fillioud, ministre de la Communication du gouvernement Mauroy. En 1986, il entrera à Europe 1 comme chargé de mission.
2. D. B., « Le mur de la démocratie sonore », *Libération*, 5 décembre 1980.

pour être capable de recevoir des formes nouvelles et d'en créer." [...] Dans ce siècle qui n'ose plus aimer, qui cherche des contremaîtres mais qui a peur d'un maître, qui croit que la musique ce n'est pas un maître, que l'art ce n'est pas un maître, que la beauté ce n'est pas un maître, que la vérité ce n'est pas Dieu, dans ce siècle je décidais d'apprendre à aimer et j'aimais par-dessus tout admirer. La voix des autres était devenue pour moi la voix de son maître, une voie royale[1] [...] »

Après des essais concluants, René Cleitman, le directeur des programmes d'Europe 1, donne son feu vert à une émission de « libre parole » entre minuit et une heure du matin. Deux ans plus tard, à partir d'avril 1977, Macha Béranger, sur France Inter, occupera le même créneau horaire avec « Allô Macha ». Depuis 1967, sur RTL, Menie Grégoire, en plein après-midi, démystifie en direct la sexualité.

Gonzague Saint Bris connaissait l'existence du mystérieux « réseau ». « J'avais été impressionné par la force imaginative des débuts où chacun, dans une cohue verbale et dans un vocabulaire de foule, se présentait au bout du fil : "Jules César", "La Joconde", "Allô, ici le Fugitif, le Fugitif n'est là que pour quelques instants", "Bonjour c'est le Masque, le Masque appelle, le Masque appelle." Mais bientôt une clientèle particulière s'inscrit dans cet embouteillage de mots, de désirs fous, d'appétit de rencontres sensuelles. Ce fut d'abord la prostitution, puis le réseau devint entièrement homosexuel[2]. »

---

1. *Ligne ouverte au cœur de la nuit*, Robert Laffont, 1979.
2. *Ibid.*

Je me souviens que pour communiquer clandestinement on pouvait également composer le numéro de l'horloge parlante. Derrière l'heure exacte se cachaient des voix le plus souvent mensongères. Gonzague, avec son émission la « Ligne ouverte » recherche la vérité. « Minuit, c'est le lieu de notre cérémonie secrète. En un château d'ondes dont les ponts-levis parlent au-delà de nos provinces et dépassent nos propres frontières, la musique d'Erik Satie, un compositeur attentivement choisi, génial et incompris, amateur de collections de parapluies, pauvre, vivant seul dans une chambre à Arcueil, caresse la nuit et s'enfonce dans les cœurs. Ce sont des morceaux merveilleux, les *Gnossiennes* 4, 5 et 6[1]. »

Ces notes de musique pour piano, mystérieuses et envoûtantes, annoncent la « Ligne ouverte ». Durant la semaine précédant son ouverture, des messages alertaient les auditeurs : « Vous pourrez téléphoner à Gonzague Saint Bris pour lui dire ce qui vous touche ou lui raconter ce qui vous intéresse. » La première émission faillit faire sauter le standard d'Europe 1. On n'avait jamais vu cela à la radio. Les cinq étudiants qui reçoivent les appels sont débordés. Nathalie Droulers, l'assistante bien-aimée de Gonzague, Yves Bigot, le réalisateur, perçoivent les mêmes émotions que l'animateur-confesseur. Il a loué un appartement au 7, rue François-Ier, à proximité du siège historique de la station. Enfermé dans le studio d'Europe 1, casque sur les oreilles, Saint Bris est quasiment chez lui. « La "Ligne ouverte" est l'émission la plus écoutée dans les prisons. Certains détenus l'appellent "la

1. *Ibid.*

Messe". Fervents et voyageurs d'eux-mêmes, ils écoutent les murmures de la liberté et de la consolation[1]. »

Gonzague a trouvé ses voix. Celles des âmes du peuple de la nuit. « Chaque soir, j'ai rendez-vous avec mon grand amour : les innombrables voix des amis de la "Ligne". Nous avons, sans le savoir, et par la grâce d'un mystère humain qui n'a rien à voir avec notre mérite, inventé un nouveau type de rapport humain[2]. »

---

1. *Ibid.*
2. *Ibid.*

14

Sur Europe 1, les émissions de Christian Barbier, « La nuit est à nous », puis « Barbier de nuit », se sont inspirées du célèbre « Pop-Club » de José Artur créé en octobre 1965 et diffusé sur France Inter de 22 heures à 1 heure du matin. Défile le Tout-Paris des arts et des lettres, certaines têtes d'affiche de la vie politique, interrogées par le roi Artur installé dans le Bar noir de la Maison de l'ORTF. Barbier cédera sa place à Gonzague Saint Bris, alors que l'animateur de France Inter, un ancien comédien à la langue bien pendue, tiendra l'antenne pendant quarante ans, jusqu'en 2005. Son ton à la fois désinvolte, léger et piquant rappelle l'esprit de Carmen Tessier et ses « Potins de la Commère » dans *France-Soir*.

L'idée de l'émission « Ligne ouverte » vient des « *open lines* » aux États-Unis. Les auditeurs d'outre-Atlantique étaient invités à téléphoner à la radio pour se confier et demander des conseils à un médecin ou un animateur. Un an et demi après le lancement de la « Ligne ouverte » et son formidable succès, le quotidien du soir *Le Monde* lui consacre un article, « Les confidences de GSB » de Marc Cholodenko : « Une voix, au loin, parle. C'est la nuit. Plus précisément, le cœur de la nuit. L'heure où les cœurs s'ouvrent pour se confier, pour écouter. La voix ? C'est celle d'une jeune fille, une étudiante, une ouvrière, une amoureuse, une malheureuse. C'est celle d'un homme, un marin, un P-DG, un garçon de café, un alpiniste. Ces voix, toutes ces voix, qui viennent de France, de Suisse, de Belgique, d'Angleterre, d'Italie et qui, tous les soirs, pendant une heure, se confient, ce sont celles qu'on peut entendre sur Europe 1, dans une émission qui s'appelle "La Ligne ouverte". L'émission de Gonzague Saint Bris. Tous les soirs, de minuit à une heure, GSB ouvre sa ligne pour écouter battre les cœurs de la nuit. »

Poète et romancier, prix Médicis en 1976 pour *Les États du désert*, Marc Cholodenko poursuit : « Pourquoi, tous les soirs, toutes ces voix, tous ces gens, pourquoi tous ces appels, toutes les nuits ? Pourquoi, en l'espace d'un an et demi, une émission diffusée à une heure dite "d'écoute faible" est-elle devenue un phénomène social en soi, le début d'une histoire nouvelle, une nouvelle histoire d'amour et de fraternité ? Pourquoi un homosexuel, une mère de famille, une ancienne prisonnière, un navigateur solitaire, un joueur professionnel, une prostituée, un forain, un drogué, un aristocrate, un voleur, une jeune fille de bonne famille forment-ils tous ce même numéro : ALM 90-00, pour dire leurs peurs, leurs désirs, leurs bonheurs, leurs peines, leurs secrets ? Parce que, de l'autre côté, dans un studio vide et à peine éclairé, il y a quelqu'un qui sait les écouter, quelqu'un qui aime leur parler. Au début, on s'étonne. La voix est un peu dure, un peu cassante, avec son habituel : "Oui, bonsoir ;

de quoi voulez-vous me parler ?" C'est que, justement, Gonzague Saint Bris n'a pas le temps de parler de la pluie et du beau temps, il n'a pas envie de "bavarder", de se perdre dans les interminables "comment ça va ? Et le chien ? Et la voisine ?" qu'on nous sert à longueur d'antenne et de journée. En revanche, il a tout le temps de parler. De parler vraiment. De ce qui est vrai, de ce qui est important : le bonheur, le malheur, l'amour, la mort, le travail, la passion, les gentils, les méchants : la vie, en somme[1]. »

Avec cet article, l'étoile montante d'Europe 1 est présentée sous ses seules initiales. Rares sont ceux qui auront droit à cette distinction, à l'instar de Bernard-Henri Lévy, très vite devenu BHL. L'auteur de *La Barbarie à visage humain* a su se créer un look qui fait penser au Gonzague des années 1970-1980. Le style romantique : cheveux mi-longs et regard profond. Bernard-Henri Lévy l'a accentué avec sa chemise blanche déboutonnée. Gonzague Saint Bris se rend chaque semaine chez Frédéric, son coiffeur de l'avenue Marceau, pour faire un brushing. Attentifs à leur image, BHL, le nouveau philosophe et GSB, le nouveau romantique, plaisent aux demoiselles et à leur maman.

« Petite, j'adorais Erik Satie que je commençais à jouer au piano, me dit Judith Belisha. Et une nuit j'entends cette musique à la radio. C'est comme ça que j'ai découvert la "Ligne ouverte", cachée sous mes couvertures car je n'avais pas le droit de me coucher si tard. Son

1. Marc Cholodenko, « Les confidences de GSB », *Le Monde*, 17 janvier 1977.

animateur avait un joli nom original et je devinais souvent ce qu'il allait dire. Cette voix singulière me captivait. C'était évident qu'un jour je le rencontrerais. Quelques années passent. Un soir d'orage, au mois de juillet, j'arrive chez une amie qui donnait un dîner. Je pensais être la dernière arrivée, mais il manquait un invité qui s'est présenté peu après : c'était Gonzague. Tout habillé de blanc, comme moi. Très beau. Évidemment, il s'est montré fort entreprenant, à la Gonzague. Mais j'étais une jeune fille comme il faut et je suis rentrée bien sagement à la maison. J'habitais chez mes parents, en face de la rotonde du parc Monceau. Tout d'un coup, dans la nuit, j'ai entendu une voiture qui klaxonnait sous mes fenêtres, une Renault noire. C'était Gonzague qui m'avait suivie ! Penchée sur le balcon de ma chambre, au premier étage, j'écoutais les jolies choses qu'il me disait, très Roméo et Juliette, on ne pouvait pas être plus romantique… Il s'est débrouillé pour avoir mon numéro de téléphone. "J'ai pensé à vous tout le week-end." Ce fut le début d'une longue histoire. Il avait tant besoin qu'on l'aime et qu'on l'admire. Des fractures de l'enfance, des souffrances intérieures. Son érudition, son allure de dandy, ses excentricités avaient de quoi séduire une jeune fille. Mais c'est Gonzague que j'ai aimé et pas Gonzague Saint Bris, l'homme public et célèbre, ce côté m'as-tu-vu, les mondanités ni la poudre aux yeux. Lorsqu'il écrivait, il vivait l'histoire comme il respirait. Il m'appelait au milieu de la nuit pour me lire ce qu'il venait d'écrire. Il me considérait comme sa muse. Infidèle en amour, il était d'une fidélité absolue en amitié. Il savait aussi très bien cloisonner ses relations. Gardant une place particulière pour chacun ou chacune. Tout au long de ces années, je disais toujours que j'étais son amie de l'ombre. Je n'étais jamais très loin et lui non plus, malgré l'évolution de nos vies. La dernière fois qu'on s'est vus, peu de temps avant l'accident, nous avions renouvelé le serment de ne jamais nous quitter. »

Comme avec la plupart de ses amoureuses, Gonzague Saint Bris a beaucoup voyagé en France et à l'étranger. Judith Belisha l'accompagna à New York lors d'un déplacement en *Concorde* de François Mitterrand. « C'est au cours de ce voyage officiel qu'il obtint du président l'autorisation de la publicité pour les radios libres. »

En 1981, c'est la fin du monopole d'État de la radiodiffusion. Les radios libres autorisées se multiplient et influencent les stations traditionnelles, les encourageant notamment à émettre vingt-quatre heures sur vingt-quatre[1]. En 1985, France Culture est la dernière station à briser cette frontière de la nuit radiophonique en créant le programme de rediffusion et de valorisation des archives de la station, « Les Nuits de France Culture ».

« Les soirs où j'avais du vague à l'âme, écrit Gonzague Saint Bris, ou plus encore ceux où la vie m'avait profondément blessé, je tombais toujours sur un appel plus dur qui réclamait plus d'engagement de ma part et plus d'énergie à dispenser. Chaque fois, c'est cet appel qui m'a sauvé du désespoir parce que, lui aussi, venait du désespoir. [...] Un jour, alors que je me promenais

1. *Cf.* Marine Beccarelli, « Les frontières de la nuit radiophonique », colloque « Les Frontières de la radio », Université de Perpignan Via Domitia, 5 juin 2015.

sur les Champs-Élysées, quelqu'un m'aborde et sans aucune forme de présentation me dit : "Elle m'a quitté." C'était évidemment un ami de la "Ligne". Je lui en ai parlé sans m'étonner, comme si je la connaissais depuis toujours[1]. »

Le fondateur de La Forêt des livres a sillonné la France en répondant à toutes les invitations, conférences et salons du livre. Celui de Brive-la-Gaillarde, sous la halle Georges-Brassens, nous réunissait parfois. Dans le train, parti de la gare d'Austerlitz vers la cité corrézienne, Gonzague et moi, comme tous les auteurs et éditeurs, faisions honneur au menu gastronomique. Ce n'est pas pour rien que ce convoi spécial avait été baptisé « train du cholestérol » !

En 2002, l'abbé Pierre, quatre-vingt-dix ans, que nous admirions l'un et l'autre, était du voyage. Coiffé d'un béret, enveloppé dans sa houppelande, le plus populaire des Français[2] ressemblait plus à un vieux curé de campagne qu'à une vedette médiatique, tels ses voisins de compartiment Frédéric Beigbeder et Amélie Nothomb. Au stand des livres religieux, le fondateur d'Emmaüs, malgré son immense notoriété, n'attirera guère de monde. Nous avons échangé quelques mots, à l'écart du brouhaha, et acheté une bande dessinée qui lui était consacrée. Sur la page de garde de l'album, d'une écriture minuscule, il a inscrit : « Ensemble. » Une formule lapidaire que Gonzague Saint Bris avait faite sienne depuis toujours.

1. *Ligne ouverte*, *op. cit.*
2. Selon le sondage Ifop-*Le Journal du dimanche*.

« Rien Sans Amour » : c'est le message que l'abbé Pierre n'a cessé de transmettre.

Dans une biographie de Léonard de Vinci en BD, réalisée par Bernard Swysen, Gonzague a été chargé par François Ier d'accueillir le maître toscan. « Qui d'autre en effet, par ce clin d'œil à travers le temps, aurait pu tenir ce rôle ? », souligne Swysen. Quant à Serge Bramly, écrivain et historien d'art, préfacier de l'album, il a pris sous la plume amusée de l'auteur les traits d'Antonio de Beatis, secrétaire du cardinal Louis d'Aragon, de passage au Manoir du Cloux (le Clos Lucé) à Amboise.

« *Po l'occhio !* » Antonio, le grand-père de Léonard de Vinci, n'avait de cesse de lui répéter : « Ouvre l'œil ! » Son petit-fils mit en pratique cette recommandation, scrutant la réalité comme personne ne le fit jamais. Gonzague Saint Bris apprit, lui aussi, à observer selon le même principe. Rien ne lui échappe. Il ne cessera jamais d'ouvrir l'œil, dégageant l'essentiel d'un regard. Dans le studio d'Europe 1, Gonzague « voit » ses interlocuteurs dès les premiers échanges. À peine lancé son « Allô, bonsoir, qui est là ? », il capte les signes distinctifs d'une voix. Il sait « qu'il y a quelqu'un et que ce quelqu'un ne peut pas être personne. Que c'est toi, oui, que c'est vous ». L'œil du maître de cérémonie. Il a la faculté de noter des détails invisibles pour d'autres. C'est la magie de la « Ligne ouverte » où l'inattendu, le bizarre, l'insolite, l'intensité d'une émotion éclatent au grand jour… « au cœur de la nuit » !

15

Entrons dans une danse qui pourrait être macabre si elle ne m'avait fait bondir de joie. En mai 2018, l'annonce de ma mort sur Google trompa beaucoup de monde. Sauf moi. Bien vivant, je me suis réjoui d'apprendre la nouvelle de mon décès. Elle était très exagérée ! Jérôme Garcin a évoqué la *fake news* dans *L'Obs* du 14 juin : « Le 22 mai 2018, l'Amérique perdit Philip Roth, et la France, un auteur plus discret, parti sur la pointe des pieds. Ce jour-là, en effet, Jean-Claude Lamy, soixante-dix-sept ans, apprit non seulement qu'il était mort depuis le 15 mai, mais aussi que ses obsèques venaient de se dérouler, à 10 heures, en l'église Notre-Dame-des-Champs, à Montparnasse… »

Mon parfait homonyme, un ami de longue date, également journaliste, écrivain et éditeur, venait de quitter ce monde. À une époque où les réseaux sociaux sont parole d'évangile, ce malheureux quiproquo était prévisible. Lors de notre dernière rencontre à la brasserie Le Select, boulevard du Montparnasse, nous avions parlé de notre mort en plaisantant. Lequel de nous deux enterrera l'autre ? Après le décès de Jean-Claude Lamy, je me pose vraiment la question : qui suis-je ? Trépasser sans m'en apercevoir m'a inspiré un récit[1] dédié « à la mémoire de Jean-Claude Lamy ».

Cette histoire incroyable aurait rappelé à Gonzague Saint Bris l'appel d'un certain Gérard sur la « Ligne ouverte ». Un mort vivant était au bout du fil.

« Gérard, de quoi voulez-vous parler ?

— [...] Dans la nuit, un commissariat de police m'a téléphoné pour m'annoncer ma mort. On m'a simplement dit : "On vous annonce le décès de ce monsieur Untel, est-ce qu'une personne de la famille peut passer au commissariat ?" [...] J'étais à moitié endormi, j'ai d'abord cru que c'était une plaisanterie. Trois ou quatre heures après, nouveau coup de fil de la police pour me demander quel était mon lien de parenté avec monsieur Untel. Cette fois-ci, j'ai vraiment rigolé et j'ai dit, croyant toujours à une plaisanterie, que c'était moi. [...] Mais quelque chose dans le ton de mon interlocuteur m'a fait comprendre que c'était tout à fait sérieux. Il m'a demandé si j'étais certain d'être en possession de mes papiers. J'ai dit : "Oui, bien sûr." Il a voulu que je vérifie, et là j'ai eu beau chercher mon portefeuille, il est resté introuvable : je n'avais plus de papiers ! »

On avait trouvé le permis de conduire de Gérard sur un individu qui s'était tué au volant d'une voiture volée. Les policiers soupçonneux l'accompagnent à la morgue, où on lui montre un cadavre avec une étiquette portant son nom. Il apprend que l'établissement scolaire

1. *Ma première mort*, Serge Safran éditeur, 2019.

qui l'emploie a été averti de son décès. Il est considéré comme mort et bientôt enterré.

« Ce qui est assez effrayant, c'est la progression de ce qui pourrait être une perte d'identité. Vous êtes obligé d'entrer dans une histoire qui vous est totalement étrangère, mais dans laquelle les autres vous poussent à pleines mains. [...] Quelle impression cela a-t-il produit sur les gens que vous connaissiez, que vous aimiez ? [...] Est-ce qu'il y a des gens à qui on a annoncé votre décès et qui, tout d'un coup, vous ont rencontré ?

— J'ai vu la réaction de jeunes élèves qui se sont arrêtés à trois ou quatre mètres de moi. Pendant quelques secondes ils sont restés figés, puis ils ont fait un détour sans même m'adresser la parole et ils se sont sauvés.

— Ils croyaient avoir à faire à un mort-vivant ! »

Après avoir appris ma « résurrection », Francis Esménard, président des éditions Albin Michel, m'adressa ce texto : « À cause de toi, j'ai passé un dimanche très triste. Je t'en veux beaucoup. » Le jour de la messe d'obsèques à l'église Notre-Dame-des-Champs, il avait fait envoyer une magnifique gerbe de pivoines. « C'était la plus belle gerbe », m'a dit Martine Lamy, la veuve de Jean-Claude. Entre rires et larmes. Les fleurs qui m'étaient destinées se sont fanées sur la tombe de Jean-Claude Lamy à l'île de Ré, où il avait une résidence.

C'est au Salon du livre du Bois-Plage-en-Ré, en juillet 2017, deux semaines avant sa mort tragique, que Gonzague Saint Bris a donné sa dernière conférence. La sortie de son ouvrage *Déshabillons l'histoire de France* en était le propos. Sophie Desestoiles, poète et essayiste, spécialisée dans les domaines de l'histoire et de la spiritualité, avait fait sa connaissance en 2012, dans ce salon estival très prisé, alors qu'il venait de faire paraître un beau livre illustré sur Victor Hugo. Elle se souvient de cette ultime rencontre : « Il se montra comme à l'accoutumée à la fois érudit, volubile, plein d'humour et de tours d'esprit qui enchantèrent l'auditoire. Cependant, en dehors de cette brillante prestation, comme nous étions très proches dans la disposition des lieux de ce salon littéraire, j'avais pu l'observer et je l'avais trouvé fatigué, préoccupé, moins ouvert aux autres[1]... » Pensait-il que le ciel pouvait à tout instant lui tomber sur la tête ? La crainte que son cœur lui fît faux bond ?

Lorsque Jean-Pierre Léaud poussa la porte du 22, rue Huyghens, siège d'Albin Michel, il avait vraiment une tête d'enterrement. Il voulait acheter un livre de la collection « Spiritualités vivantes ». Sans le reconnaître, la réceptionniste lui dit qu'il n'y a plus de comptoir de vente. L'acteur repartit aussi triste. Comme s'il portait sur ses fragiles épaules tous les malheurs du monde. Celui qui fut Antoine Doinel, le jeune héros turbulent des *Quatre cents coups* de François Truffaut, avait joué en 1984 dans *Rebelote* de Jacques Richard, un cinéaste né à Angers. Gonzague Saint Bris y incarne son propre personnage, auprès notamment d'Olga Georges-Picot et de Vince Taylor, le *bad boy* du rock and roll.

Après avoir vu *Rebelote*, l'écrivain et peintre Marc-Edouard Nabe parle dans son *Journal intime* d'un « Léaud

1. Sophie Desestoiles, *Balzac Gonzague*, préface de David Chanteranne, Aigle Botté éditions, 2021.

génial, tout à fait ironique et grandiloquent comme il l'est dans la vie, se frottant les mains, tirant sa bouche, rythmant ses gestes et ses sourires de névropathe sournois[1] ». La présence de Gonzague ne lui a pas échappé. « On y voit le frère et la mère de Patrick Dewaere ; une maison montmartroise dont je fis jadis une toile (24, rue des Saules) ; et même Gonzague Saint Bris récitant l'épigramme de "Poésie" d'Isidore Ducasse ! Ce dernier clin d'œil me touche plus spécialement, Hélène ayant couché une fois avec cette petite bite il y a une dizaine d'années[2] ! »

Hélène Hottiaux, la belle Ardennaise, subjugua Marc-Edouard Nabe dans un train qui les ramenait de Charleville à Paris, le dimanche 22 juin 1980. « Elle était plus jaune que le soleil. Lorsque, intriguée par l'"allure" de cet inconnu, elle prit place en face de moi, je chancelai comme Phaéton dans son char. En trois regards et deux mots, nous décidâmes de ne plus nous quitter[3]. » Mais comment aurait-elle pu résister à Gonzague, qui portait sur son visage de dandy, « comme un journal de l'âme », sa propre beauté et son tourment ? La liberté des rapports amoureux était son credo de « révolutionnaire » soixante-huitard.

---

1. Marc-Edouard Nabe, *Nabe's Dream. Journal intime 1, juin 1983-février 1985*, Éditions du Rocher, 1991.
2. *Ibid.*
3. *Ibid.*

16

« À nous deux, Balzac ! » Gonzague Saint Bris ose s'attaquer à un géant qui disait : « Je suis inexplicable pour tous, nul n'a le secret de ma vie et je ne veux le livrer à personne. » L'ambition de Gonzague est d'écrire une biographie d'un genre nouveau, « verticale et horizontale, contant toute la vie d'Honoré de Balzac, enrichie par tous les moments forts de son œuvre : des phares sur l'océan[1] ».

Foudroyé à treize ans par la lecture du *Père Goriot*, à quinze ans il parcourt la forêt de Loches, son pays natal, pour retrouver les lieux des rendez-vous secrets d'*Une ténébreuse affaire*, inspirée par l'enlèvement du sénateur Clément de Ris. À dix-huit ans, journaliste débutant à *La Nouvelle République*, il est toujours dans l'ombre de l'auteur de *La Comédie humaine*. Son oncle, le chanoine Georges Saint Bris, l'héberge au presbytère de la cathédrale Saint-Gatien, en face du cloître de la Psalette au

1. Anne-Marie Baron, « *Le Lys dans la vallée* à l'écran », Lysdanslavalle.fr, 2014. Autrice de *Balzac ou l'auguste mensonge*, Nathan, 1998.

cœur du *Curé de Tours*. À vingt et un ans, il publie sa première chronique en une du *Figaro* : « Rastignac en province. ». À trente-quatre ans, dans la vallée de l'Indre, il scénarise et tourne pour la télévision *Le Lys dans la vallée*, réalisé par Fabrice Maze, avec Ludmila Mikaël en Mme de Mortsauf, Louis Velle en M. de Mortsauf, Pascal Greggory en Félix de Vandenesse et Elvire Audray en lady Arabelle Dudley.

Fille de Jean Sainteny, compagnon de la Libération, et de l'historienne Claude Dulong, Elvire n'a joué que de petits rôles. Fin de vie tragique. Suicide. « Très jolie, en devenant la maîtresse de Gonzague, elle pensait se retrouver en photo dans *Paris Match* », me dit Fabrice Maze. À la recherche d'un réalisateur pour *Pardonnez-nous nos enfances*, un documentaire sur le climat magique de l'enfance qui nous accompagne pour la vie, Gonzague Saint Bris en convoque plusieurs dans son appartement de la rue François-Ier. « Gonzague venait de se marier avec la nièce de Giscard. Au-dessus de chez lui habitait son secrétaire, Hubert David, qui lui était entièrement dévoué. Son côté vieille France faisait sourire. Saint Bris recevait ses conquêtes dans le logement d'Hubert. On se serait cru dans une pièce de Feydeau. »

Fabrice Maze fait antichambre pendant une heure avant d'être reçu par l'animateur de la « Ligne ouverte ». « Il s'est mis à parler abondamment. Très bouillonnant. Impossible de l'interrompre. Son casting people était prêt. Pour le scénario, nous improviserons. Il me dit tout à coup : "Ah, je suis en retard, je dois vous laisser." Trois semaines après, on me rappelle : "Gonzague vous a choisi." Il écrivait les textes, très rapidement sur un coin de table. J'étais chargé de structurer tout ça. Très dispersé, il avait peu de temps à me consacrer. Il fallait que je me débrouille. »

Trois documentaires dramatisés naissent de leur collaboration : *À la recherche de la jalousie* et *Pardonnez-nous nos enfances*, produits par TF1, et pour Antenne 2 *Le Lys dans la vallée*. « L'intérêt de ce docu-drama est d'insister sur des éléments importants du roman de Balzac comme le contraste entre le rythme effréné des "lions" parisiens ambitieux et pressés d'arriver comme Rastignac et la vie rêvée de Félix en Touraine, consacrée à l'amour et toute de nonchalante langueur, souligne Anne-Marie Baron. Il incarne l'opposition entre vie parisienne et vie de campagne. [...] La fin choisie est la scène poignante des larmes de la femme trop pure qui exhale ses regrets de n'avoir pas connu l'amour charnel et meurt de faim et de soif auprès de l'amour qu'elle s'est interdit, alors que la fin chrétienne si édifiante du roman est complètement passée sous silence[1]. »

Anne-Marie Baron conseille aux enseignants de projeter ce film à leurs élèves ou à leurs étudiants. Cette « mise en scène soignée » et ces « commentaires éclairants du roman » leur seraient profitables. Pour Gonzague Saint Bris, c'est la marque d'une réussite.

Dans *Baisers volés* de François Truffaut, allusion à la première scène du *Lys dans la vallée*, Antoine Doinel lit le roman dont la couverture apparaît en gros plan. Au début du film, dans sa prison militaire, Jean-Pierre Léaud, *alias* Doinel, se prend lui-même pour Félix de Vandenesse.

1. *Ibid.*

Comme pour Gonzague, l'influence de Balzac a été considérable pour Truffaut. Sa statue par Rodin figure au début et à la fin de *Deux Anglaises et le continent*. On aperçoit aussi sa photo dans *La Chambre verte*. Le cinéaste disait en 1959 à Georges Sadoul, dans *Les Lettres françaises* : « Si je dirige un jour un film d'amour, l'influence de Balzac y apparaîtra plus nettement. » Ce sera *La Peau douce* (1964), où l'écrivain Pierre Lachenay, joué par Jean Desailly, est un spécialiste de Balzac.

« Je ne me vois pas dans la peau d'un jeune Rastignac. Une "carrière" à la Gonzague Saint Bris, quelle blague ! » Le journaliste Éric Neuhoff, considéré à ses débuts d'écrivain comme un « nouveau hussard » – en référence à son père spirituel Bernard Frank –, fait cette réflexion lancée à la volée. Dans sa *Lettre ouverte à François Truffaut*[1], il remarque : « Mon drame, c'est que je ne sais pas faire de cinéma. À la place, j'écris des livres. […] Être Truffaut ou rien, ce mot d'ordre nous paraissait adéquat. Le temps a passé. Nous avons fini par être nous-mêmes. »

À cinquante ans, Gonzague Saint Bris fait partie du voyage présidentiel de Jacques Chirac à Kiev. Dans l'avion, il lui parle de son récit *Les Égéries russes*[2], écrit en collaboration avec Vladimir Fédorovski, qui vient de paraître à Moscou. « Au lieu de rentrer à Paris avec la délégation, je restai en Ukraine et me rendis à Wierszchownia, pour visiter le château de la comtesse Hanska […]. À cinquante et un ans, l'âge auquel mourut Balzac, je célébrai, comme

1. Albin Michel, 2016.
2. JC Lattès, 2010.

tous les Français en cette année 1999, le bicentenaire de sa naissance. [...] Je décidai de lancer en Touraine [...] "La Marche de la *Comédie humaine*". Trente-cinq kilomètres de marche dans une vallée verdoyante : une foule fraternelle célébrant un inoubliable écrivain. Je l'avais rêvée, nous l'avons faite ! J'invitai tous les Tourangeaux à parcourir à pied le chemin de Balzac, de Tours à Saché, en passant par les landes de Charlemagne. Nous partîmes sept cents, nous arrivâmes sept mille. La même année, Josée Dayan m'invita à jouer le rôle de mon ancêtre Louis Mame dans son film *Balzac*. Le lieu de tournage était cher à mon cœur : l'hôtel particulier des Mame à Tours[1] [...]. »

« Quand j'étais jeune, on disait que je ressemblais à Musset, maintenant on dit que je ressemble à Balzac. » Un jour d'août 2012, au Salon du livre du Bois-Plage-en-Ré, Gonzague Saint Bris fait cette confidence à Sophie Desestoiles. Certains traits du poète auquel il consacra une biographie rappellent en effet son visage. Mais il faudrait effacer le collier de barbe et la moustache[2]. Elle l'imagine plutôt en général Desaix, son lointain ancêtre dont il a également été le biographe[3]. Au même âge, les similitudes physiques sont troublantes. Serait-il une

1. *Balzac, une vie de roman*, Télémaque, 2011.

2. Un cliché inédit d'Alfred de Musset fut confié à Gonzague Saint Bris par Christiane Sand, l'héritière d'Aurore Sand, petite-fille de la dame de Nohant. Cette photo illustre la couverture de sa biographie parue chez Grasset en 2010, deux cents ans après la naissance de l'auteur des *Caprices de Marianne*.

3. *Desaix, le sultan de Bonaparte*, Perrin, 1995.

réincarnation du vainqueur de Marengo ? Le Gonzague sexagénaire, ayant pris du poids, voulait-il ressembler à Balzac, « Napoléon des lettres » ?

« Et si la biographie n'était que l'exploration de la géographie d'un visage, l'exercice attentif du relevé topographique des reliefs d'une figure, l'inlassable enquête sur ce qu'indique et dissimule une physionomie, la course-poursuite du parcours d'un faciès[1] ? » Photographié sous tous les angles, parfois par des stars de la pellicule – Jacques-Henri Lartigue, Helmut Newton, David Bailey –, Gonzague Saint Bris montre-t-il son vrai visage ? Une mise à nu intégrale, comme osa le faire Yves Saint Laurent devant l'objectif de Jeanloup Sieff en 1971. « Je suis prêt à tout pour me vendre », disait le couturier. La photo, destinée à la promotion d'une eau de toilette masculine, fut publiée dans un numéro du magazine *Vogue*.

Yves Saint Laurent a ouvert pour Gonzague les carnets intimes où il notait des maximes élégantes. « La vie ? Une fiche de température avec aux plus hauts degrés la joie et le bonheur, aux plus bas la souffrance et le malheur. À travers ces oscillations constantes, un cœur qui s'essouffle. » « On peut avoir honte de son bonheur, jamais de sa souffrance. » « Se trouver, c'est avoir un regard implacable sur soi-même. Savoir jusqu'où on peut aller en se regardant d'assez loin pour bien se connaître, pas trop loin pour ne pas se haïr. L'équilibre de votre vie dépend d'atteindre le juste milieu, de ne pas dépasser le point de non-retour. Se regarder donne le vertige.

1. *Alfred de Musset*, Grasset, 2010.

Mais c'est à travers ce vertige que nous atteignons l'équilibre[1]. »

Au cours d'un été brûlant, Gonzague Saint Bris et Yves Saint Laurent se retrouveront à New York, à la table d'Andy Warhol, servis par un cuisinier chinois dans un vaste appartement frais et vide de mobilier. L'artiste pop leur explique comment lui aussi a une relation de spectacle face à la vie. « Il se définit comme le fiancé de la télévision. Il ne veut pas avoir de rapports affectifs avec ce qu'il voit. Il a décidé de regarder tout ce qui se passe autour de lui comme si cela arrivait sur le petit écran[2]. »

1. « Les maximes d'Yves Saint Laurent », in *Le Romantisme absolu*, Stock/Édition° 1, 1978.
2. « New York », *in ibid.*

17

Lunettes noires et doudoune à manches courtes, Gérard Depardieu embrasse Gonzague Saint Bris venu l'attendre, un jour d'avril 2015, sur l'esplanade du théâtre de Saumur. Sans monter sur les planches, l'acteur est toujours en représentation. Invité des Journées du livre et du vin, il est là en voisin, propriétaire du château de Tigné, un domaine viticole situé à quelques kilomètres, sur les coteaux du Layon. Devant les photographes et les micros tendus, il se tourne vers Gonzague qui lui a remis le prix Hervé Bazin pour son autobiographie *Ça s'est fait comme ça*[1]. « Vous connaissez mon ami Saint Bris, celui qui aurait aimé être Balzac ! » L'auteur de *Balzac, une vie de roman* avait longuement dédicacé son livre avant d'arroser la récompense d'un Depardieu, grande gueule et défenseur des plaisirs de la chair.

Gonzague Saint Bris a du mal à rivaliser avec le show du comédien exhortant ses admirateurs à trinquer : « Buvez et bourrez-vous la gueule, parce que c'est mieux que ceux qui nous gouvernent. » Puis il rejoint une salle de la mairie,

1. XO Éditions, 2014.

escorté de Gonzague, le président du jury, qui n'a pas eu de mal à le distinguer. « Un livre magnifique » selon Olivia de Lamberterie dans l'émission « Télématin » ; mais un livre écrit par un « nègre » talentueux, le romancier Lionel Duroy, qui confie : « Avec Depardieu, on s'est vus pendant trois mois. On dînait. J'enregistrais. »

On m'a souvent posé la question : Gonzague Saint Bris avait-il des « nègres » ? Cette suspicion fut un handicap lors de ses candidatures à l'Académie française. Daniel Rondeau, élu en juin 2019 après avoir été ambassadeur de France à Malte, puis ambassadeur délégué permanent de la France auprès de l'Unesco, ne se fie qu'à des rumeurs qui ont circulé dans le milieu littéraire. « Je pense, me dit-il, qu'on l'a beaucoup aidé. Quand j'étais à l'Unesco, il est venu me voir. "Tu ne vas pas rester longtemps en fonction. J'aimerais te remplacer !" Je lui ai répondu qu'on ne postulait pas à ce poste dont j'ai démissionné en 2013. Il m'a laissé entendre qu'avec son réseau de relations il pourrait l'obtenir… Je lui ai souhaité bonne chance ! »

Philippe Lalliot, consul général de France à New York en 2009, directeur de la communication et de la presse du ministère des Affaires étrangères en 2012, a succédé à Daniel Rondeau avant d'être nommé ambassadeur de France aux Pays-Bas, au Sénégal, puis en Gambie. Gonzague a souvent manqué de diplomatie… Souvenons-nous de ses visites à l'Académie française avec son chien Kitsch, aussi indiscipliné que son maître. Sa secrétaire perpétuelle, Hélène Carrère d'Encausse, n'a jamais été choquée par le personnage. « Son côté excentrique était charmant. » Ayant assisté à un anniversaire de Gonzague Saint Bris au Clos Lucé, souvent invitée à La Forêt des livres dont elle fut la présidente en 2008 et 2016, l'historienne déplorait toutefois son hyperactivité. « Il a beaucoup trop publié et travaillé un peu vite, laissant passer des négligences. Gonzague avait du mal à prendre son temps. Son meilleur livre est *Les Vieillards de Brighton*. J'espérais de lui un autre roman de cette importance. Malheureusement, sa disparition prématurée nous privera d'une œuvre que j'attendais impatiemment. Gonzague Saint Bris fait partie des regrets que l'on a à l'Académie. » Hélène Carrère d'Encausse a voté plusieurs fois pour cet homme trop pressé de devenir « Immortel ». Sa voix rejoignait celles de Jean-Marie Rouart et de Dominique Bona, qui ont été d'une fidélité exemplaire.

À l'initiative de Xavier Darcos, chancelier de l'Institut de France et présent à l'édition 2016 de La Forêt des livres, la librairie Les Immortels a ouvert au 23, quai de Conti en septembre 2021. Les ouvrages des académiciens d'autrefois et d'aujourd'hui, ainsi que ceux des lauréats du Grand Prix du roman de l'Académie française, sont proposés aux clients. Sa responsable, Catherine Marin-Pestel, était libraire à Lisieux quand Gonzague Saint Bris est entré dans l'éternité. « Sa mort a été ressentie comme un séisme dans la région. » L'esprit de celui qui n'aimait que les livres, avait le don de raconter et de l'appétit pour les mots et le romantisme doit rôder dans les parages. Sur le pont des Arts où, durant plusieurs années, des « cadenas d'amour » furent accrochés aux parapets grillagés par des couples du monde entier. Le « Pont Mirabeau » de Guillaume Apollinaire avait perdu pour un temps son attraction sentimentale… En 1911, accusé de complicité de vol de la *Joconde*, il avait passé une semaine à la prison de la Santé. Son kidnappeur, Vincenzo Peruggia, un jeune Italien, la garda deux ans dans sa chambre, à Paris, avant de tenter de vendre la toile mythique à un antiquaire de Florence. Et si la *Joconde* du Louvre n'était qu'une copie[1] ?

Gonzague Saint Bris a courtisé la Joconde – l'authentique ? – dès ses treize ans, quand son père l'autorisa à dormir dans la chambre de Léonard. Le miroir argenté suspendu au mur, à gauche du lit, reflète son image. « Elle est devant moi comme il l'a créée. La Joconde a vingt-quatre ans. C'est la Joconde nacrée que le maître veut me montrer. Dans le miroir, elle oublie sa couleur de misère et retrouve sa fraîcheur initiale. L'ocre de son décor est dissous. Si les contemporains la voient ainsi, c'est que les vernis qui recouvrent cette huile sur bois ont jauni. Leur oxydation progressive a jeté ce voile foncé qui la place aux yeux des chroniqueurs sous la lumière du soir par temps d'orage. Mais ce n'est pas sa réalité, ni sa vérité retrouvée. [...] Mona Lisa est là, dans la splendeur de son premier sourire. Un teint de nacre à peine rosé, une chevelure châtain aux reflets dorés, et une robe de chambre d'un jaune épicé sur un ciel céruléen. C'est bien du côté gauche qu'il faut la voir sourire. Va-t-elle rester dans cette pièce pour s'endormir en même temps que moi ? Je ne pourrai jamais trouver le sommeil tant qu'elle ne sera pas éteinte[2]. »

Au petit matin, le miroir magique avait perdu de son pouvoir. Gonzague ouvrit la fenêtre sur l'air frais. Dans

---

1. *Cf.* François Perreau-Saussine, *Mona Lisa et les 40 voleurs*, La Compagnie littéraire, 2006.
2. *L'Enfant de Vinci*, Grasset, 2005.

son rêve, le sourire de Mona Lisa annonçait d'autres songes. Sa mère, Agnès Saint Bris, l'entraîna dans une marche en forêt d'Amboise. Selon un rite familial, cette promenade, l'hiver, était faite pour réchauffer l'imaginaire de ses enfants. « Elle avait été élevée dans cette province ancienne, un pays sorcier où sa nourrice avait vu des lutins surgir des carreaux de la cuisine. Le monde étrange de la forêt lui était familier et, dans cette terre de jeteurs de sorts et de meneurs de loups, elle semblait n'avoir peur de rien, pas même des feux follets[1]. »

Agnès Saint Bris, animée par sa foi ardente, côtoie un monde invisible. Les dryades, les elfes et les nymphes, sous la forme de belles jeunes filles, appartiennent à sa foi chrétienne. « Ma mère chantait en marchant et disait des poèmes comme elle aurait murmuré des prières. C'étaient ceux que lui avait inspirés une jeune fille à l'esprit hanté, qui vivait seule au milieu des bois avec des fleurs dans les cheveux et que, là-bas dans le Lochois profond, dans cette forêt de Chanceaux qui était celle de son enfance, on appelait la folle de Chantereine[2]. »

J'ai le cerveau qui bouillonne,
J'ai les oreilles qui bourdonnent,
Mon seul remède est le vent,
C'est pour cela que je cours tout le temps[3].

1. *Ibid.*
2. *Ibid.*
3. Agnès Saint Bris, *La Folle de Chantereine*, Éditions Saint-Germain-des-Prés, 1978.

Le documentaire *Pardonnez-nous nos enfances*, réalisé par Fabrice Maze en 1981, est issu des rêveries de Gonzague et de l'imagination d'une mère enfermée dans son enfance. Celle-ci n'a jamais cessé d'être la petite Agnès Mame qui regarde, au loin, du perron de Chanceaux, les traces irréelles de la folle de Chantereine. Dans ce film, parmi les intervenants, Isabelle Adjani évoque *L'Art d'être grand-père* de Victor Hugo, Jacques Dufilho incarne un instituteur d'autrefois dictant à une classe une page des *Lettres de mon moulin*, Robert Sabatier, l'auteur des *Allumettes suédoises*, revient sur son enfance à Montmartre, Peter Townsend parle de la littérature enfantine anglaise, et Jean Lacouture, un ancien élève de Tivoli à Bordeaux, de la haine de Malraux pour sa propre enfance.

Le soir de Noël, pendant la messe de minuit à l'église Saint-Denis d'Amboise, le jeune Gonzague est ébloui par une petite fille à la lumineuse mélancolie, « avec ses yeux de velours noir, son teint pâle, son front bombé, sa bouche cerise[1] ». Affamé d'affection, il la dévore du regard. Un incroyable bonheur l'envahit. Elle sera sa destinée : il la veut pour femme. Persuadé que son prénom commence par un « A » comme « Amour », il sait que cette inconnue tant aimée s'est échappée de ses rêves. « "Comment t'appelles-tu ?" Elle me dit son prénom d'une telle façon que jamais je n'ai pu oublier la manière dont elle l'avait prononcé : Arabelle[2]. » Son fantôme ne cessera de le perturber. Il y aura toujours un peu de la

1. *L'Enfant de Vinci*, *op. cit.*
2. *Ibid.*

beauté d'Arabelle, la fatale apparition de ses treize ans, lorsqu'il serrait dans ses bras une nouvelle conquête.

Quand Gonzague marchait en forêt avec son père, il fallait presser le pas. Son rythme était militaire. Dans sa tête, les souvenirs de l'armée de Lattre. Ses hommes avancent prudemment dans la Forêt-Noire. Les tireurs d'élite de la Waffen SS sont une menace permanente. Hubert Saint Bris échappera à leurs balles, mais l'angoisse qui le ronge depuis la mort de ses parents en déportation est un trop lourd fardeau. Les antidépresseurs l'aident à supporter ce si grand malheur. Du jour au lendemain, il décide de tout arrêter. Courageux et résigné à en finir. Son enterrement a lieu à l'église Saint-Denis d'Amboise. À la fin de la messe, ses sept fils portent le cercueil.

Gonzague se reproche de ne pas mieux l'avoir connu. Ils ne se sont pas assez parlé. À chacun son aspect secret. « Gonzague cloisonnait sa vie, me dit Fabrice Maze. Il ne disait pas qui il voyait, qui il connaissait et même ce qu'il faisait. Dans son thème astral, on découvre quelqu'un aux multiples personnalités. » Mystérieux et insaisissable.

18

Gonzague Saint Bris apprend le suicide de son père au cours de son voyage de noces à Capri. La même année 1979, le journaliste de télévision et de radio Jean-Michel Desjeunes, mon condisciple du CFJ[1], se défenestre. Le 2 décembre 1980, Romain Gary se tire une balle dans la bouche : il ne voulait pas vieillir. Dalida met fin à ses jours le 2 mai 1987. Elle a tracé quelques mots sur un carton blanc : « Pardonnez-moi, la vie m'est insupportable… »

La mort d'Hubert Saint Bris est un sujet tabou. On n'en parle pas dans la famille. La disparition brutale de son frère Jacques, qui s'est jeté par la fenêtre de son appartement parisien de l'avenue Henri-Martin, l'abasourdit. Cet antiquaire-ébéniste, expert en meubles du XVIIIe siècle, assumait son homosexualité. Sa mort serait la conséquence d'un inconsolable chagrin d'amour.

1. Le Centre de formation des journalistes, dirigé à l'époque par Claire Richet (1920-2016). Ancienne résistante, elle avait débuté comme journaliste à *La Montagne*, le quotidien de Clermont-Ferrand.

« Coup de déprime en fin de siècle », écrit Gonzague. « Le suicide tue chaque année quinze mille personnes : autant que les accidents de la route », souligne-t-il dans une chronique reprise dans son livre *La Nostalgie, camarades !*, dédié à sa jeune épouse Clémence. « Au seuil de la nouvelle décennie et avant ce troisième millénaire dont on parle tant, ne piétinons plus les énergies qui s'offrent, les personnes qui veulent faire bonne figure, les héros qu'on persécute mais dont la France a soif jusqu'à mourir. Il ne s'agit plus maintenant d'éviter le suicide de chacun, mais un suicide général dans une débandade sans gloire. Et cette gloire, justement, pourquoi ne pas lui redonner son éclat pour que renaisse l'espoir ? »

Le samedi 22 septembre 1979, le château du Saillant, à Voutezac en Corrèze, a retrouvé l'éclat d'une jeunesse lointaine. Il est au centre des mondanités du jour. Ses propriétaires, le comte Guy de Lasteyrie du Saillant et son épouse Isabelle Giscard d'Estaing, en ont fait l'écrin d'un mariage inattendu : celui de leur fille Clémence avec Gonzague Saint Bris. Lui a trente et un ans, elle dix-sept et va encore au lycée. Cette union a l'apparence d'un conte de fées, mais certains invités doutent déjà de l'avenir du couple. « J'ai senti que ce serait éphémère », reconnaît Marie Saint Bris, sœur et filleule de Gonzague. Elle a été élève au Centre Madeleine Daniélou, à Rueil-Malmaison, en même temps que Clémence. « Une fille très vive qui avait une vraie notion de liberté. »

Bizarrement, cela me rappelle le mariage de Gabriel Matzneff avec Tatiana, une jeune lycéenne qui l'aimait d'un amour absolu et l'aurait suivi jusqu'en enfer. Dans ses romans autobiographiques, le personnage de Matzneff est plus proche du bouffon que du martyr qu'il aimerait être. Et de confier son désarroi à Gonzague Saint Bris : « La solitude spirituelle qui est la mienne, l'isolement dans lequel je fais mon œuvre, tout cela, je le sais, se métamorphosera, lorsque je mourrai, en compréhension, en amitié, en bienveillance et en nostalgie. Je n'ai pourtant pas envie de mourir tout de suite car j'ai une vie privée très voluptueuse et intéressante. Mais patience ! À toi, petit frère[1]. »

Les plaisirs donjuanesques de Matzneff seront ternis par sa liaison avec Vanessa Springora[2]. L'écrivain et psychanalyste Roland Jaccard qui s'est suicidé à la veille de ses quatre-vingts ans, l'évoque en détail dans son journal *Le Monde d'avant*[3]. Après sa mort « en stoïcien qui aimait la belle vie[4] », selon les mots de François Cérésa, Gabriel m'envoya ce texto : « Je perds le plus fervent des matznéviens et un ami fidèle (alors que, lynché, massacré par Vanessa et sa meute abjecte, je note la trahison de tant de lâches que je croyais, naïvement, mes amis). »

Gonzague n'aura pas eu à se plaindre de ses multiples amantes. On raconte que l'une d'elles a donné naissance à un enfant illégitime. Contrairement à Mitterrand, le

1. Gabriel Matzneff, *Un galop d'enfer (Journal 1977-1978)*, La Table Ronde, octobre 1985. Extrait repris *in* Philippe Delannoy, *Gabriel Matzneff*, Éditions du Rocher, 2003.

2. Voir le récit de l'emprise qu'a exercée l'écrivain sur elle dès l'âge de quatorze ans : *Le Consentement*, Grasset, 2020.

3. Serge Safran éditeur, 2021.

4. François Cérésa, *Service littéraire*, n° 153, novembre 2021.

père de Mazarine Pingeot, il ne reconnaît pas le fruit de ses amours clandestines. Cette histoire fait partie de la légende d'un homme aux bras très ouverts.

En septembre 1979, Valéry Giscard d'Estaing, président de la République, n'assiste pas au mariage de sa nièce Clémence. Son épouse Anne-Aymone est présente à la cérémonie religieuse célébrée par le chanoine Georges Saint Bris, oncle de Gonzague. Cousine issue de germain d'Agnès Saint Bris, c'est la fille du comte François de Brantes, lieutenant-colonel de cavalerie, résistant, mort en 1944 au camp de concentration de Melk-Mauthausen. Anne-Aymone Giscard d'Estaing n'ignorait pas le funeste destin des parents d'Hubert Saint Bris. Celui-ci et sa femme Agnès attendent avec impatience l'arrivée de Gonzague et de sa fiancée. Ils vont tomber du ciel, à bord d'une montgolfière. Jean-Marie Rouart, en jaquette et haut-de-forme, est le témoin du marié ; May, la sœur de Clémence, est celui de la mariée en robe blanche à volants. Jacques Henri Lartigue, qui a réalisé en 1974 le portrait officiel du président Giscard d'Estaing, photographie le couple.

Jean des Cars, historien des grandes dynasties européennes, est sur place avec un photographe. Il a l'impression d'assister à une mascarade. Son reportage paraît le lendemain dans *Le Figaro dimanche*. Il déclenchera une vague de protestations et des ricanements sous cape. Son titre : « Le président n'est pas venu au mariage du prince sponsor. » Cela n'a pas fait rire Giscard ni les parents de Clémence. « Tout était payé par des marques », se rappelle Jean des Cars. « Tu ne m'as pas fait de cadeau ? lui avait dit Gonzague à son arrivée au château. – Tu en auras un en lisant le journal. » Isabelle de Lasteyrie du Saillant lui a longtemps reproché de s'être moqué de son gendre qu'elle aimait beaucoup. Plus tard, elle reviendra sur ce jugement après avoir découvert un Gonzague moins reluisant. « Je lui ai rendu tous les livres qu'il n'a pas écrits », confiera-t-elle à l'auteur de *Louis II de Bavière, ou le Roi foudroyé*.

Avant ses épousailles, Gonzague Saint Bris a rendu visite à Edmond Giscard d'Estaing, le père d'Isabelle de Lasteyrie du Saillant et grand-père de Clémence. La rencontre a eu lieu au château de Varvasse, à Chanonat. Ancien maire de la localité, membre de l'Académie des Sciences morales et politiques, cet Auvergnat natif de Clermont-Ferrand, admirateur d'Alexandre Vialatte, interroge Gonzague sur l'œuvre du célèbre chroniqueur de *La Montagne*, disparu en 1971. Ayant prévu cet examen de passage, le futur mari de Clémence a lu attentivement son principal roman, *Les Fruits du Congo*, et n'ignore pas que Vialatte est le traducteur de Kafka. Le vieil homme, père du président Giscard qui n'aimait pas Gonzague et qui détestera Jean-Marie Rouart, après son discours persifleur de réception à l'Académie française, prend la main du jeune homme et la serre très fort. Edmond Giscard d'Estaing a été, en 1957, président de la Société française pour la construction et l'exploitation du tunnel routier sous le mont Blanc. Gonzague Saint Bris est passé au-dessus dans un ballon dirigeable piloté par le champion de France des aérostiers. En récitant, m'a-t-il dit, le poème de Verlaine :

Le ciel est, par-dessus le toit,
Si bleu, si calme !

Un arbre, par-dessus le toit,
Berce sa palme.

Récita-t-il également la dernière strophe :

Qu'as-tu fait, ô toi que voilà
Pleurant sans cesse,
Dis, qu'as-tu fait, toi que voilà,
De ta jeunesse ?

Lorsqu'on le questionne sur le secret de son éternelle jeunesse, Jacques Henri Lartigue, inséparable de sa femme Florette, sa troisième épouse, sourit aux anges comme un bébé. Avec son regard d'enfant aux yeux bleus d'ancienne porcelaine, il défie les ans et les petites douleurs de la vieillesse. « Je n'accepte jamais aucune paresse. Aussi, dès que je suis fatigué, je remue et plus je suis fatigué, plus je remue », dit-il à Gonzague. Le tennis, la boxe, le ski l'ont maintenu en forme. À plus de quatre-vingts ans, il s'astreint à deux séances de culture physique par jour. « Je crois qu'il faut croire au bonheur comme les chrétiens croient en Dieu ; il faut avoir la foi suffisante pour que vienne le bonheur. Pour ma part, je crois tout à la fois au bonheur et au bon Dieu. Voilà pourquoi je suis heureux[1]. »

Gonzague Saint Bris y croit aussi quand il contemple des clichés de photographes ou se promène en leur compagnie. Ceux de Paul de Cordon sur le cirque, d'Edouard Boubat qui lui aussi souriait aux anges, de David Bailey avec qui il courait dans le Londres des *fifties*, de Jacques

1. *La Nostalgie, camarades !*, *op. cit.*

Henri Lartigue qu'il accompagne sur les chemins parfumés de sa maison d'Opio, près de Grasse. « J'ai la conscience de partager des instants qui ne seront jamais perdus, parce que le cliché fabrique aussitôt du "Temps retrouvé"[1]. »

Je feuillette comme un portfolio de la nostalgie les premières pages des *Vieillards de Brighton*. Nous sommes en Angleterre, au début des années 1950. Le petit Gonzague est un enfant nerveux que ses parents ont du mal à calmer. Que faire de ce gosse très agité ? Le récit commence pourtant bien. « Enfant, j'habitais Londres où mon père était un jeune attaché d'ambassade. C'était la vie rêvée. [...] Le prince Charles enfant nous faisait parfois des signes du balcon de Buckingham Palace. Je lui répondais. Après tout, nous avions le même âge et on nous coiffait de la même manière : de l'eau sur la tête et la raie sur le côté. [...] C'est vrai, j'avais un caractère difficile, je restais enfermé des heures sans jamais vouloir demander pardon. Je croyais que la colère était ma noblesse. J'explorais mes haines intérieures. Mais il faut bien avouer que j'étais très violent. Un jour mon père me surprit dans une lutte acharnée avec mon frère aîné, dont je croyais qu'il était le préféré de mes parents. J'étais en train de frapper sa tête contre les carreaux de la cuisine[2]. »

Devant ce spectacle désolant, Agnès et Hubert Saint Bris prirent la décision d'éloigner leur fils. Quand j'étais trop turbulent, mon père, Octave Lamy, m'enfermait dans un placard à balais, ma mère Juliette me menaçait avec un martinet dont je couperais les lanières.

---

1. *Ibid.*
2. *Les Vieillards de Brighton*, Grasset, 2002.

Ils finiront par m'envoyer en pension à sept ans, « âge de raison » des enfants. Gonzague en avait cinq quand ses parents se séparèrent momentanément du garnement. « On leur avait dit : "L'air de Brighton est bon pour les nerveux." Ainsi, un après-midi, nous quittâmes Londres dans la belle "Frégate" grise qui faisait notre fierté, une vraie voiture française, et je ne compris pas pourquoi je partais seul avec mon père, sans mes frères ni ma mère. » En fait, Edouard est du voyage. Il se souvient : « L'établissement avait été choisi par un médecin qui soignait les enfants de diplomates. Gonzague a dû se sentir abandonné. Je me souviens que, dans cette grande villa, il y avait aussi une fillette. Ma mère n'osait plus sortir. Ses amis lui reprochaient de s'être séparée de son fils. »

L'arrivée à Brighton, une station balnéaire élégante, au sud de Londres, s'est imprimée pour toujours dans le cerveau de Gonzague. Comme dans le mien lorsque j'ai franchi la porte du collège privé des frères maristes à Bourg-de-Péage, dans la Drôme, à une vingtaine de kilomètres de Valence, ma ville natale. La frégate d'Hubert Saint Bris s'arrête devant une sorte de manoir entouré d'arbres. Une religieuse attend sur le perron. « Je laissai mon père sans émotion, tout intrigué d'abord par ce que je découvrais. Mais je ne savais pas encore l'horreur que cachaient ces murs. Le soir venait et l'on m'attribua un lit dans le grand dortoir. Vastes parquets glissants et sombres, odeurs d'encaustiques et d'urine, de linge pourri et de fin de vie. Ô surprise, j'étais dans un asile de vieillards ; j'allais connaître le bout de la nuit[1]. »

---

1. *Ibid.*

La fiction et la réalité s'entrecroisent. On ne sait plus exactement combien de temps a duré le séjour dans cet asile de vieillards qui était une maison de repos pour gens huppés. Le petit Gonzague n'y aurait passé qu'une quinzaine de jours. Une éternité quand le romancier prend les rênes de son imaginaire et conduit l'intrigue à bride abattue.

De retour parmi les siens à Londres, puis à Paris, Gonzague n'a rien perdu de sa force de caractère. « Même si j'avais retrouvé une famille, j'avais choisi mon camp : le refus de l'apaisement. Alors commença ma vie à l'envers. Au-delà de la visite des décombres il me restait le plus dur à faire : rajeunir[1]. »

---

1. *Ibid.*

19

Après trois ans passés à Londres, Hubert Saint Bris a réintégré le ministère des Finances. En attendant de trouver un appartement, la famille est accueillie par la marquise de Juigné – née Schneider –, tante et marraine d'Agnès Saint Bris. Elle occupe le rez-de-chaussée d'un hôtel particulier au 12 *bis*, rue de l'Élysée. Les Saint Bris s'installent au premier étage. Le balcon donne sur le parc présidentiel. « Parfois, nous apercevions René Coty qui nous disait bonjour. Il sortait le matin, mettait des gants et taillait les rosiers. Pour nous, c'était un jardinier », me dit Edouard Saint Bris. Gonzague et lui sont élèves à l'école des Frères, rue Monceau. Depuis la mort de son épouse Germaine en 1955, le président de la République est un homme qui attend tristement la fin de son mandat. En 1957, il reçoit la reine Elizabeth II en visite d'État. Le 8 janvier 1959, ce sera la passation des pouvoirs au général de Gaulle.

Le jeune Gonzague, qui fêtera bientôt ses onze ans, n'est toujours pas facile à vivre. « Mon père a pris la décision de l'envoyer chez M. Sorin, un ancien instituteur, se souvient Edouard. Dans sa petite maison de la

Creuse, il héberge quatre pensionnaires et prépare leur entrée en classe de sixième. » Le village de Saint-Martin-Sainte-Catherine, où habite l'enseignant, est situé à une vingtaine de kilomètres de Masbaraud-Mérignat, berceau de Raymond Poulidor. Ce n'est pas très loin non plus de la commune de Nouzerines, qui vit naître mon père Octave, dans une ferme dont s'occupera mon oncle et parrain François Lamy, ancien combattant de la Grande Guerre. J'y passerai mes vacances d'été.

Le temps d'une année scolaire, Gonzague Saint Bris, l'élève de M. Sorin, devient lui aussi un petit campagnard. « Nous sommes allés le voir une fois », se rappelle son frère. À La Forêt des livres, lorsque Poulidor m'a parlé de son enfance – ses parents travaillaient comme métayers –, Gonzague s'est intéressé à notre conversation. « Moi aussi je suis creusois ! » Et il fila à une autre table.

George Sand, à qui il consacra deux livres illustrés par Philippe Lorin, aimait s'évader en Creuse, au château de Boussac où sa chambre a été reconstituée. Elle y est venue une première fois en 1841, accompagnée de Prosper Mérimée, puis avec Frédéric Chopin. À dos d'âne, ils se rendaient aux Pierres Jaumâtres pour pique-niquer. Ces énormes blocs de granit se dressent dans un étonnant équilibre. Proche de son Berry natal, ces lieux qu'elle considérait comme magiques lui ont inspiré son roman *Jeanne*, publié en 1844. Je partage avec Gonzague l'émerveillement de la romancière, ayant parcouru cette région à la beauté sauvage. Son hommage à Philippe Lorin s'inscrit parmi ses élans spontanés d'amitié, exprimés aussi par des dédicaces personnalisées. L'auteur de *En tête-à-tête avec George Sand*, *Sur les pas de George Sand* et *Sur les pas de*

Léonard de Vinci écrit : « Oui, cher Philippe Lorin, nous avons eu la chance et le privilège partagé de marcher dans les empreintes du génie et dans les pas de la création. De la Toscane de Léonard de Vinci au Berry de George Sand, la première femme écrivain qui s'exclama devant le mystère mondial du sourire de la Joconde, nous avons échangé vos traits et mes lettres, vos esquisses et mes paragraphes, vos illustrations et mes apostrophes. Le dessin est un voyage et l'écriture une balade. Nous avons parcouru les sentiers de l'inspiration, les chemins de la pensée, les grandes avenues de l'idéal. Nous avons jeté dans les fossés les vêtements de la nostalgie pour endosser les habits neufs de l'évasion. De ces errances et attirances sont nés ces ouvrages, invitations à l'itinéraire littéraire et partition à quatre mains. »

Philippe Lorin, visiteur du Clos Lucé, se retrouva un jour confronté à un Gonzague autoritaire. « Il m'avait demandé de mettre dans le coffre de ma voiture déjà plein un trophée de chasse destiné à être accroché rue Pelouze. Je ne voulais pas de cette tête de sanglier et ma femme non plus. Malgré son insistance, j'ai refusé de l'emporter. Il est rentré à Paris par le train avec elle et l'oublia dans le compartiment. » La tête de sanglier se retrouva aux objets trouvés de la SNCF. Gonzague Saint Bris vint la récupérer *in extremis*. Il a toujours été très distrait, partant avec le manteau d'un invité, lors d'une soirée, sans avoir remis le ticket de vestiaire. Redemandant dix fois à la même personne son numéro de téléphone.

Toutefois, il ne perdait pas la tête au moment de discuter ses à-valoir avec les éditeurs ou lorsqu'il négociait ses séjours dans les palaces. S'arrangeant le plus souvent pour ne rien payer, en échange d'un article dans une des revues qu'il avait animées, comme *Décoration internationale*, ou d'une conférence sur Balzac, Sade, La Fayette ou les châteaux de la Loire, ou encore de citations inspirées lors d'une émission de télévision. Les faits et gestes de Gonzague étaient monnayables. C'était toujours donnant-donnant. Une méthode habilement pratiquée par son « frère » ami (ou ennemi ?) Jean-Edern Hallier, fondateur de *L'Idiot international*, qu'il pleurera le jour de ses funérailles en l'église Saint-Ferdinand des Ternes.

En marchant sur les pas de George Sand et de Léonard de Vinci, l'historien poursuit sa quête vénitienne. Pendant plus de vingt ans, il a parcouru la Cité des doges. « Fou amoureux » de la Sérénissime comme l'ont été tant de séducteurs ; de Casanova, né dans le quartier Saint-Marc, en 1725, à François Mitterrand qui souhaitait finir ses jours à Venise, où il lui est arrivé de croiser Jean d'Ormesson en hiver. Leur saison préférée pour arpenter les ruelles, humer l'air marin le long des canaux, s'enivrer du bonheur simple d'une promenade. Le marcheur de Venise se laissera aller à l'imagination et à son goût de vivre. L'âme apaisée.

« Fin décembre de l'année 1833, assis dans une gondole anonyme, un couple découvrait Venise comme tant d'autres en cette époque où la lagune était redevenue le point de mire de toute l'Europe cultivée. Le gondolier, qui les conduisait, souriait-il de l'aspect singulier de ses clients ? [...] Mais il en avait vu tant d'autres, dans sa vie de gondolier, qu'il ne montra rien, évitant même de les regarder pour leur laisser toute liberté de s'embrasser, de se caresser. Telle fut la première vision que Venise eut de ceux qui allaient bientôt compter parmi les phares de l'archipel du romantisme, George Sand et Alfred de Musset[1]. »

Le couple avait réservé une chambre dans l'hôtel de M. Danieli, quai des Esclavons. Leur amour s'éteignit après la visite du docteur Pagello, venu soigner George d'une dysenterie. Résista-t-elle ou tomba-t-elle dans ses bras ? On l'ignore, mais Alfred, réalisant son infortune, plia bagages. De cette aventure, ils tirèrent chacun un livre, lui *La Confession d'un enfant du siècle*, elle un petit roman, *Elle et Lui*, en se donnant le beau rôle. Venise n'en finira pas de faire tourner les têtes et chavirer les cœurs.

Pour épater sa belle du moment, Gonzague Saint Bris, qui ne craint pas l'eau froide, décida de plonger dans le Grand Canal. « Lord Byron l'avait déjà fait, mais certainement pas au mois de février. Bien que l'eau fût glaciale, une ivresse polaire m'envahit, malgré mon gondolier hurlant que j'étais fou en me tendant une couverture. Mon estomac surpris lui donna *a posteriori* raison : un combat acharné s'engagea entre l'escalope au Martini de la veille et le premier cappuccino du matin. Tout près de là, dans une autre gondole, ironique derrière l'objectif, ses yeux bleus de porcelaine dans son visage d'enfant, Jacques Henri Lartigue me photographiait en me parlant, comme naguère Marcel Proust à Venise, de la "mobile liquidité de la lumière"[2]. » Trompé par la riche et excentrique Nancy Cunard, Aragon se jeta lui aussi dans le Grand Canal pour tenter de s'y suicider.

---

1. *Les Romans de Venise*, Éditions du Rocher, 2007.
2. *Ibid.*

En représailles, il composa sa nouvelle pornographique *Le Con d'Irène*, où il compare Venise à « un cercueil flottant de tant de morts célèbres ».

Jean-Marie Rouart a mené une amusante enquête pour savoir s'il est possible de faire l'amour sur une gondole. Il conclut par la négative. A-t-il vécu une expérience personnelle dans les bras de la « reine des abeilles », c'est-à-dire la femme qu'il ne partagerait pas avec Gonzague Saint Bris ? Un accord tacite entre les deux amis coureurs de jupons. On ne touche pas à la « reine » de son copain, mais il n'est pas interdit de faire son miel avec des abeilles de la ruche amoureuse !

Au carnaval, comme le Vénitien Casanova, Gonzague a décidé de se déguiser en Pierrot. Une gaze sur les yeux de son masque empêche qu'on voie s'ils sont noirs ou bleus. Les siens sont légèrement bridés, comme ceux de ses frères et de sa sœur : signe distinctif côté maternel. Agnès Saint Bris, la rêveuse, s'imaginait de lointains ancêtres mongols. Bas les masques ! « Soudain, une jeune fille, dont le visage angélique était à demi dissimulé par une voilette de dentelle noire, sortie tout droit d'un tableau de Tiepolo, arriva à ma hauteur, souleva tout doucement mon masque, se haussa sur la pointe des pieds et déposa sur mes lèvres un baiser. Elle me regarda intensément quelques secondes pour s'enfuir, légère et mystérieuse, ses voiles flottant derrière ses épaules[1]. » Cette apparition de l'amour évanoui, du bonheur fugitif, lui rappelle le coup de foudre de ses treize ans, lors d'une messe de minuit à Amboise. L'inconnue qui lui a volé un baiser pourrait porter le prénom d'Arabelle.

---

1. *Ibid.*

En 1980, Gaston Palewski ancien ambassadeur de France en Italie, lui demande de présider la jeune association Les Amis de la sauvegarde de Venise. La Cité des doges est sous les eaux. L'inondation atteint 1,80 mètre sur la place Saint-Marc. Gonzague se sent investi d'une mission : restaurer Venise non seulement dans ses murs, mais aussi son éternelle beauté. « Il est temps désormais de rendre hommage à la lumineuse action de Gaston Palewski et de son Comité français pour la sauvegarde de Venise, un long combat acharné et patient contre le désespoir, l'usure des énergies, les malentendus de l'époque et la menace perpétuelle des eaux. Saluons son action de restauration continue[1]. »

Amant de la romancière anglaise Nancy Mitford, avant d'épouser en mars 1969, le jour de son soixante-huitième anniversaire, son autre maîtresse Helen-Violette de Talleyrand-Périgord, Gaston Palewski, fidèle du général de Gaulle et compagnon de la Libération, avait repéré la généreuse folie de Gonzague, capable d'attirer les regards de mécènes. Ainsi François Pinault, qui a déployé à Venise ses collections d'art contemporain sur deux sites d'exception : le Palazzo Grassi, l'un des derniers grands palais construit entre 1748 et 1772, peu avant la chute de la République, et la Punto della Dogana, situé dans l'ancien bâtiment des douanes. C'est en dînant au Harry's Bar, avec Maryvonne et François Pinault, que le Tourangeau parla d'égal à égal avec le Breton. La personnalité de Chateaubriand, qui par trois fois était venu à Venise, les rapprocha un peu plus. Petit

1. *Ibid.*

garçon, François Pinault allait pêcher avec son père dans l'étang de Combourg, sous la masse sombre du château des *Mémoires d'outre-tombe*.

« La fin du monde viendra par la submersion des eaux ! » Une prédiction de Léonard de Vinci. En contemplant les canaux, une idée jaillit dans son esprit, celle d'un « moulin pour les eaux mortes ». Au Clos Lucé, dernière demeure du génie, Gonzague Saint Bris retrouve la Sérénissime dans la galerie en plein air qui donne sur le parc. « N'est-ce pas de là que les ambassadeurs de Venise ont contemplé sous la Renaissance ce spectacle fabuleux et nous ont restitué par leurs lettres le récit de cette "Fête du Paradis" encore une fois mise en scène par le maître Toscan en faveur d'un roi de vingt ans : François Ier[1] ? »

Toutes les « fiancées » de Gonzague étaient invitées au Clos Lucé d'Amboise. Certaines sont même passées par la Lorraine, berceau familial des Schneider. À l'écrivain et historien lorrain Jean-Louis von Hauck, il explique : « Je suis tourangeau pur rillettes de père et de mère. Mais la mère de ma mère, Anne-Marie Schneider, descend de ces Lorrains célèbres, deux frères, Adolphe et Eugène, qui relèveront une ancienne verrerie pour la métamorphoser en un creuset d'acier et de feu : les forges du Creusot. Ma mère raconte toujours que, lorsque j'étais tout petit, je faisais des colères homériques. Ma grand-mère lui disait en souriant : "C'est une colère de Schneider." »

Sur la trace de ses ancêtres lorrains, Gonzague a passé la nuit au château de Bidestroff acheté par Antoine Schneider, maire de Dieuze durant la Révolution et

1. *Ibid.*

où naquit Eugène Schneider. Il a également arpenté les terres des Schneider, de simples laboureurs devenus des agriculteurs à Honskirch, et pris la pose devant son monument aux morts et un Christ en croix. Un Michel Schneider a été tué pendant la guerre de 1914-1918 et un Nicolas Schneider est mort en déportation. Grâce à son guide, Jean-Louis von Hauck, Gonzague Saint Bris, pour qui l'histoire des siens importe tant, l'apprit ce jour-là.

Jean-Louis von Hauck s'est installé à Tours, pays de Balzac mais aussi de Georges Courteline et d'ADG, un romancier de la « Série noire » que Gonzague lisait avec délectation. De son vrai nom Alain Fournier, il publia *Le Grand Môme*, en hommage à l'auteur du *Grand Meaulnes* mort au combat en 1914. Au lendemain de la disparition de Gonzague Saint Bris, le cœur serré, Jean-Louis von Hauck écrit : « Le monde de la culture perd l'un de ses plus fidèles serviteurs. Il avait fait de sa vie un roman. » Ce que beaucoup de ses amis déclareront, tels Laurent Laffont et Stéphane Watelet qui furent ses éditeurs.

Ce dernier, qui dirige les éditions Télémaque, fondées en 2004, est allé à la rencontre de Gonzague Saint Bris lors d'un Salon du livre du *Figaro*. L'historien lui donne rendez-vous rue Pelouze pour un petit déjeuner d'affaires. Il affirme aussitôt ses exigences : « Je ne lève pas ma plume à moins de 18 %. » Conditions difficilement acceptables pour Stéphane Watelet. « Dommage, je voulais vous proposer de nous écrire une biographie du comte de Cagliostro. – Ah ! Vous me prenez pour un escroc… donc vous me proposez Gagliostro ! réagit Gonzague. Mais j'ai une meilleure idée. À l'occasion des deux cent cinquante ans de la naissance de La Fayette, je peux remettre à jour sa biographie que j'ai publiée en 1988 à l'orée du Bicentenaire de la Révolution française. Il manque des choses[1]. » Ce marquis de La Fayette *new look* se vendra à cent cinquante mille exemplaires, toutes éditions confondues, lancé par Laurent Ruquier dans l'émission « On a tout essayé » sur France 2 et par Nicolas Sarkozy qui a emporté le livre lors d'un voyage d'été aux États-Unis, après son élection en mai 2007.

« Ce sera le début de notre collaboration, raconte Stéphane Watelet. Nous avons fait huit livres ensemble. Je lui versais entre 70 000 et 80 000 euros d'à-valoir qui finançaient également le travail de son archiviste. Gonzague dévorait la documentation rassemblée par ce dernier, l'assimilait et, après avoir bâti la structure de son récit, dictait celui-ci à Marie-Claude Mayette (ce qui fera dire à des esprits chagrins qu'il « n'écrivait pas » ses livres !). Les biographies de Gonzague apportaient toujours un regard personnel, un angle nouveau. C'était moins le cas du texte qu'il me proposa sur Louis XI en 2015 et qu'il publia donc chez nos confrères Albin Michel. Nous avions cependant encore un projet de carnet des pensées de Léonard de Vinci, comme une éphéméride du génie. Gonzague avait une grande énergie et un formidable allant, qu'il insufflait à ses écrits et à ses nombreux projets, auxquels il se consacrait toujours avec passion et conviction. Il lui arrivait parfois de s'essouffler. C'était une âme blessée par certaines attaques qui le visaient et dont il ne comprenait pas la virulence. »

---

1. *La Fayette, la stature de la liberté*, Éditions Filipacchi, 1988 ; *La Fayette*, éd. revue et augmentée, Télémaque, 2007.

20

Après sept ans de recherches et de rédaction en France et aux États-Unis, Gonzague Saint Bris publie la première version de sa biographie de La Fayette en 1988. Le livre est dédié à sa mère, Agnès Saint Bris, à qui il avait offert une traversée de l'Atlantique à bord du paquebot *Queen Mary 2*. Il est également dédié à D. F., les initiales de son éditeur et patron de presse, Daniel Filipacchi. En 1976, celui-ci a racheté le magazine *Paris Match*, alors en difficulté. Ses passions – le jazz, la photographie, la peinture surréaliste – l'ont conduit à se lier avec Charlie Chaplin, Django Reinhardt, Jacques Prévert, Jean Genet, Sidney Bechet, Salvador Dalí… En 2012, il fait paraître ses *Mémoires* chez Bernard Fixot, sous le titre *Ceci n'est pas une autobiographie*. Ils seront repris au Livre de Poche, collection lancée en 1952 par son père, Henri Filipacchi.

En 2007, sa fille Amanda Filipacchi, romancière franco-américaine, Maurice Druon et son épouse Madeleine, Jean-Michel Di Falco, le médiatique évêque de Gap, la princesse Caroline Murat, pianiste virtuose, le chanteur Hervé Vilard et l'écrivain Jean-Louis von Hauck déjeunent avec Gonzague Saint Bris à l'auberge du Prieuré du Clos Lucé. Daniel Filipacchi est absent. En revanche, il participera en août 2012 à La Forêt des livres où Gonzague lui remettra le prix de l'Autobiographie. Auparavant, il aura reçu le prix de la Coupole à la brasserie de Montparnasse. À Chanceaux-près-Loches, sous les arbres centenaires, il s'étonne que l'on vienne lui demander des autographes. Ses lecteurs, anciens fans de ses émissions « Pour ceux qui aiment le jazz » avec Frank Ténot et « Salut les copains » sur Europe 1, lui paraissent des vieillards. À quatre-vingt-quatre ans, il porte beau, vit entre Paris, New York et les Bahamas.

« J'étais un peu mal à l'aise quand ils sortaient leur carte de crédit pour payer le livre. J'avais l'impression d'être l'épicier du coin. Ils n'avaient jamais d'argent liquide, ils n'avaient peut-être pas d'argent du tout. C'était gênant. Une jeune fille, l'air fauchée, contemplait un exemplaire avec passion. Je lui en ai fait cadeau, dédicacé amicalement. Les yeux humides, elle s'est enfuie en courant rejoindre ses parents. Ce fut une bonne journée, merci Gonzague. Quant au prix de la Coupole, il m'a rapporté un chèque de huit mille euros, ce qui n'est pas désagréable non plus, sans parler des allocutions flatteuses faites par des gens très bien et chaleureux[1]. »

Alors rédacteur en chef à *Paris Match*, Patrick Mahé se souvient d'un Gonzague « fantasque, flamboyant, romanesque. Il emballait les gens. Il avait un don de séduction. Je ne me lassais jamais de l'écouter ». De quoi plaire à Daniel Filipacchi, qui l'installe à côté de son bureau

1. Daniel Filipacchi, *Ceci n'est pas une autobiographie*, Bernard Fixot, 2012 ; Le Livre de Poche, 2013.

dans les locaux de l'hebdomadaire, au carrefour de la rue Pierre-Charron et de la rue François-Ier. Quel rôle joue-t-il ? Conseiller ou bouffon de « Citizen » Filipacchi ? Officiellement, il se présente comme le directeur de la stratégie et du développement du groupe de presse Hachette et des publications Filipacchi.

Dans son appartement de la rue François-Ier, Gonzague Saint Bris, assisté d'Hubert David, toujours très attentionné, organise des dîners où se retrouvent au coude-à-coude des personnalités qui ne se côtoient pas habituellement. C'est ce qui a fait le succès de La Forêt des livres. Daniel Filipacchi, plutôt taiseux, s'amusait de rencontrer le bavard et zozotant Edgar Faure. Lors d'une réception mondaine et théâtrale chez son ami Gonzague, rue Pelouze, il aura la surprise de se retrouver face à une de ses couvertures de *Match* : « Un vieux monsieur à cheveux blancs me rappelait des souvenirs. C'était le comte de Paris, le futur roi de France. En 1950, je l'avais photographié à Rome en prévision de son retour d'exil. Je m'apprêtais à lui dire poliment bonjour quand je fis un bref calcul dans ma tête. J'avais fait cette couverture il y a soixante ans, à l'époque il avait quarante-cinq ans, il en aurait donc aujourd'hui cent cinq. Quelque chose clochait. Je demandai à mon assistante Christelle qui m'accompagnait de se renseigner. C'était bien le comte de Paris, mais le fils de ma couverture de 1950[1]. »

Gonzague Saint Bris, qui se met volontiers en scène dans son vaste et surprenant atelier de la rue Pelouze, en profite pour se montrer en galante compagnie. Le

1. *Ibid.*

3 mai 2006, après la représentation de *Marie-Antoinette, l'étrangère*, pièce écrite, jouée et dirigée par l'actrice Bunny Godillot, il pose en compagnie de sa petite amie Sandra Zita. Cette très jolie blonde vient régulièrement le week-end à Chanceaux, au chalet des Chasseurs, avec sa fille. On les verra aussi aux Journées nationales du livre et du vin de Saumur, où l'on rend hommage à l'acteur Jean Carmet qui en a eu l'idée.

Grâce à Capucine Milliot, une autre de ses conquêtes, Gonzague habitera l'atelier de la rue Pelouze, que l'on visite comme un musée baroque. Avant de s'y réfugier en 2002, il vit 13, rue du Cherche-Midi, dans l'ancien appartement de Jean-Marie Rouart, en face de la boulangerie de Lionel Poilâne et de l'académicien Michel Mohrt. À proximité de chez André Oliver, l'assistant de Pierre Cardin, et de la comtesse Brandolini. Un premier étage avec vue sur une cour où s'élève un marronnier décrit dans un livre de Dominique Bona. Capucine, étudiante en histoire de l'art à la Sorbonne-Paris IV, est invitée à l'anniversaire d'une journaliste, Armelle Malvoisin, qui couvre le marché de l'art. Celle-ci lui apprend que Rémy Le Fur va quitter le 5, rue Pelouze. « Quand je suis partie, j'ai appelé Gonzague et lui ai dit que j'avais trouvé le Clos Lucé à Paris. »

Capucine Milliot a vingt ans quand, en famille, elle fait la connaissance de Gonzague à Cabourg. Ils se reverront deux ans plus tard aux Caves du Roy, à Saint Tropez. « Une soirée magique qui s'est terminée par un petit déjeuner sur le port. De retour à Paris, je lui ai rédigé une lettre en forme d'article, "Chronique d'une rencontre inattendue". Il m'a tout de suite appelée et donné rendez-vous pour dîner. “Passez me chercher en bas du bureau des Champs-Élysées, vous ne pouvez pas me rater, je serai en maillot de bain.” Je lui réponds en riant que s’il est en maillot de bain, il ne montera pas dans ma voiture. Je passe le prendre à l’entrée de l’immeuble du magazine *Femme* et nous descendons les Champs-Élysées. Une fois arrivés sur la place de la Concorde, il me somme de m’arrêter en plein milieu. Je lui dis que c’est interdit. Il me répond : “Mais qu’est-ce que vous êtes bourgeoise !” Il saute de la voiture, laissant la porte grande ouverte comme il le fait toujours, passe son maillot de bain rose, grimpe dans la fontaine principale et se laisse flotter… Puis se rhabille et nous allons dîner à l’hôtel Costes. J’apprendrai plus tard que, dès qu’il y a une flaque d’eau, il saute dedans… le Grand Canal à Venise, un marigot à crocodiles en Afrique, la Manche en hiver, il ne résiste pas. »

Gonzague Saint Bris est le nouveau patron du magazine *Femme*, qu’il dirigeait depuis 1992. Avant lui, la romancière Annick Geille avait fait de ce mensuel de luxe une des adresses favorites des écrivains. « Pour elle et malgré sa jeunesse, écrira Bernard Frank dans *Le Monde*, académiciens du Quai-Conti ou de la Place-Gaillon, hussards et grognards, nouveaux romans et plats mijotés, anciens soixante-huitards et réactionnaires endurcis ont accepté de figurer au même sommaire avec une certaine gaieté. *Femme*, c’était notre trêve. Il y avait donc un endroit où l’on respectait le cessez-le-feu dans ce Liban compliqué, le plus souvent en feu, qu’est la terre des hommes de lettres. »

J'ai posé la question à Annick Geille, animatrice emblématique du magazine : « Sous votre responsabilité, l'aventure de *Femme* a duré cinq ans. Pourquoi s'est-elle arrêtée ? Comment expliquer la décision de Daniel Filipacchi de mettre Gonzague Saint Bris à la tête du journal ? » Réponse : « J'étais très proche de Daniel Filipacchi. Plus son empire de presse grandissait, plus il était attaché à ceux d'entre les siens qu'il connaissait bien. Il me demandait souvent mon avis. Il venait dîner chez moi, j'allais dîner chez lui. Bref, nous étions complices professionnels : des amis. Cela ne plaisait pas à tout le monde. Les barons de cet empire de presse me détestaient. On m'a tendu bien des pièges au fil des années, je les ai toujours évités. Cependant, j'ai commis une erreur : j'ai quitté Hachette Livre et publié un roman chez Gallimard, *La Voyageuse du soir*, croyant que livres et journaux vivaient des vies séparées. Or, j'étais très HFM[1] et, rencontrant Jean-Luc Lagardère devant l'ascenseur, il me taquine à ce sujet. “Alors, Annick, vous publiez un roman et vous nous quittez, me dit-on ?” Je pressentis que Jean-Luc risquait de s'en plaindre à Daniel, qui me tint grief d'avoir fait preuve d'une absence totale de réflexion. Il pensa que j'avais manqué de jugeote. Aujourd'hui, je le comprends car j'incarnais une sorte de publicité vivante pour le groupe Hachette Filipacchi. L'un des barons du groupe s'engouffra dans cette brèche et persuada Daniel Filipacchi qu'il y avait beaucoup d'argent à gagner en changeant la formule de *Femme* pour en faire un concurrent de *Marie Claire*. »

1. Hachette Filipacchi Médias.

Annick Geille, à qui Daniel Filipacchi avait confié le lancement et la direction de l'édition française de *Playboy* (au grand étonnement de Hugh Hefner, son fondateur), puis la rédaction en chef des pages culturelles de l'hebdomadaire *Pariscope*, avant qu'elle réussisse le changement de formule de *F Magazine*, une publication féministe, se retrouve tout à coup rejetée par son mentor à qui elle consacrera un livre[1]. Sous la pression de ses barons, il demande son départ.

« Je dus quitter *Femme* que nous avions imposé sur le créneau du luxe et qui faisait de *Vogue* un catalogue sans âme. Daniel, me retirant *Femme*, m'avait proposé d'abord de diriger le secteur du livre, puis, voyant que je m'y opposais, de lancer le mensuel *Fortune* en France, qu'il s'apprêtait à racheter aux Américains. J'étais si malheureuse que je préférai quitter le groupe Hachette Filipacchi Médias. La nouvelle rédactrice en chef ne parvenant pas à réaliser un concurrent de *Marie Claire* (et pour cause, car il aurait fallu doubler les équipes et les budgets), Roger Thérond[2] proposa Gonzague Saint Bris à Daniel, qui accepta avec soulagement ce nouveau directeur de rédaction qui avait été son "conseiller". Malheureusement rien ne se passa comme prévu. *Femme* souffrit de tous ces changements de formule, le magazine que j'avais créé sombra rapidement. Cependant, je le répète : Daniel Filipacchi ne m'a absolument pas licenciée, au contraire, il fit tout pour me garder au sein de HFM. C'est moi qui – par orgueil – ai choisi

1. *Pour lui*, Fayard, 2011
2. Directeur général de *Paris Match*.

de quitter ce formidable groupe de presse – ma famille en quelque sorte. »

Gonzague Saint Bris a racheté *Femme* sans casser sa tirelire. Selon *Les Échos* du 12 janvier 1998, il est précisé que « son rachat a été monté par GSB avec le concours de plusieurs investisseurs proches, dont Frank Ténot, qui a tout récemment vendu ses parts dans HFM avec Daniel Filipacchi, le directeur des hôtels Concorde, Thierry Taittinger, et le président du groupe britannique Burlington, Preston Haskell. Le montant de la transaction n'a pas été dévoilé. Il s'agit du septième titre "non stratégique" cédé par Hachette Filipacchi Médias. [...] GSB promet déjà une nouvelle formule de *Femme* pour le 15 mars, qui "mettra en valeur l'alliance du luxe et le luxe de l'intelligence"... ».

En 1999, le groupe Prisma Presse reprend le titre et vise une diffusion de cent mille exemplaires. Après une relance en janvier 2002, le magazine met la clé sous la porte en 2003. Entre-temps, Gonzague Saint Bris est devenu propriétaire de l'atelier de la rue Pelouze, acheté grâce à la vente de *Femme*. Il conserve une activité lucrative dans la presse : Olivier Dassault lui a demandé de prendre la direction du mensuel *Le Spectacle du monde*. Ayant voulu transformer cette élitiste revue de droite en catalogue publicitaire, il sera à l'origine de son déclin. « On peut être un grand auteur et un piètre journaliste », commentera Gabriel Privat dans son blog culturel à propos de « l'épisode GSB ».

Malgré cette mauvaise réputation, Gonzague fascine Daniel Morgaine, un des fondateurs de *Paris Jour* et ancien correspondant de *France-Soir* à New York. Celui-ci rêve d'un grand quotidien populaire et tire des plans sur la comète. Il voit en Gonzague Saint Bris l'homme de la situation pour une entreprise qui restera sans lendemain. J'ai assisté à leur première rencontre et à la fin d'une utopie.

Apprenti sorcier de la presse, Gonzague n'a jamais fait d'étincelles. C'est sa bibliothèque qui prendra feu à cause d'un court-circuit. « À cinquante-sept ans, je fus victime à Paris du pire malheur qui puisse s'abattre sur un écrivain : l'incendie de sa bibliothèque. » Pepita Dupont, journaliste à *Paris Match*, recueillit ses propos sous le titre « Le jour où ma bibliothèque a brûlé… ». Ils n'ont pas été publiés. En voici des extraits : « Le 10 avril 2005 était un dimanche ensoleillé et paisible. J'étais à Paris et rentrais à mon domicile raccompagné par une amie, Nicole Wisniak[1], après avoir animé à l'hôtel Hyatt-Madeleine un "brunch littéraire" autour de Jean-Denis Bredin, de l'Académie française, qui avait brillamment parlé de son livre *Mots et Pas perdus*. Au moment où la voiture s'engage rue Pelouze, je vois deux énormes camions rouges à l'arrêt. Je ne sais pourquoi, mais je comprends en une fraction de seconde que c'est pour moi. J'ouvre la portière et me mets à courir. Devant chez moi, sur le trottoir, les pompiers aux casques rutilants sont en train d'entamer à coups de hache la porte d'entrée en chêne massif. Aussitôt, je leur livre la clé, ils ouvrent, je tente de m'engouffrer dans la grande pièce enfumée, mais ils m'en empêchent. Je saisis en un instant l'étendue du désastre en voyant de longues et hautes flammes lécher

1. Fondatrice et directrice de la revue *Égoïste*.

les sept mètres de hauteur de ma bibliothèque. Alors je ne leur demande qu'une seule chose : "S'il vous plaît, sauvez mon manuscrit, il est sur la table juste devant la cheminée !" Trois d'entre eux disparaissent dans un tourbillon de gris et de noir. Quelques minutes après, un pompier réapparaît devant moi, sur le trottoir, devant la foule atterrée et, visière relevée, il me tend de ses mains gantées une masse sombre couleur de cendres dont la première page plastifiée est étrangement gondolée. "Est-ce que c'est ça ?", me dit-il. Mon texte est intact. [...] »

Anéantie la collection d'ouvrages publiés par Mame, l'éditeur dont Gonzague descend du côté maternel. Son ancêtre Charles-Pierre Mame avait introduit le romantisme en Francc avec *De l'Allemagne* de Mme de Staël, publié *De Buonaparte et des Bourbons* de Chateaubriand, ainsi que les premiers romans d'Honoré de Balzac et l'*Hernani* de Victor Hugo. Détruits, le petit mot admiratif qu'Alfred de Vigny adresse à son maître Walter Scott ; le roman de Balzac, *Séraphîta*, qu'il avait fait relier dans un fragment de la robe grise de son égérie russe, la comtesse Hanska ; sa correspondance avec Mame ; des incunables comme le *Traité de l'immortalité des âmes* de Marsile Ficin, dont Léonard de Vinci, qui l'avait connu, possédait un exemplaire ; le livret et la partition des *Huguenots*, opéra de Meyerbeer, annotés de la main de Berlioz...

« Pourquoi cela m'est-il arrivé ? », s'interroge Gonzague Saint Bris. Il pense au génie toscan qu'il avait osé mettre en scène dans *L'Enfant de Vinci*. La veille de Noël, un petit garçon qui lui ressemble comme un frère jette au feu le « Codex perdu » dans la haute cheminée Renaissance du Clos Lucé. « A-t-il voulu se venger ? Serait-ce lui, le responsable de toutes ces pages parties en torche ? Non, je ne peux le croire. » À cinq siècles de distance, Léonard de Vinci a-t-il voulu lui faire subir l'épreuve du feu ?

21

La vie de Gonzague Saint Bris est plutôt divertissante. « Pourvu que ça dure », comme disait la *mamma* à son petit Napoléon, inquiète à l'idée de le voir courir le monde. Il aime volontiers voyager comme une malle (une malle Vuitton, s'entend), attendu dans un palace qui rappelle, si possible, le Crillon ou l'Hôtel de Paris à Monte Carlo. Michael Jackson est descendu dans ce fleuron hôtelier de la Principauté en même temps que les académiciens français et Goncourt membres du jury du Prix de la Fondation Prince Pierre de Monaco présidé par la princesse Caroline. À tu et à toi avec la fille aînée du prince Rainier III et de la princesse Grace, Gonzague suit l'événement pour *Paris Match*. Je suis présent comme envoyé spécial du *Figaro*.

Devant l'Hôtel de Paris, un groupe de fans de Michael Jackson attend la sortie de l'idole en scandant son prénom. Michel Tournier, de l'Académie Goncourt, ouvre la fenêtre de sa chambre et salue les jeunes gens, persuadé que des adolescents l'ovationnent. Son ego d'écrivain en prend un coup lorsque Michael Jackson, le bas du visage masqué, franchit la porte à tambour et monte dans une limousine aux vitres teintées. Gonzague Saint Bris qui, comme moi, a assisté à la scène, découvre *de visu* le Peter Pan de cette fin de XXe siècle, héros de son livre *Au paradis avec Michael Jackson*.

En 1992, la star planétaire de la pop s'est rendue en Afrique à l'invitation de plusieurs chefs d'État dont Omar Bongo, le président de la République du Gabon, premier pays de son périple. L'opération a été rondement menée par Ali Bongo, le fils du président. À la recherche de ses racines, il a rassemblé des foules fraternelles. En lui, quarante ethnies se reconnaissent. Des journalistes accrédités l'accompagnent, dont Gonzague, à la demande de Roger Thérond, le patron de *Paris Match*. Sous sa plume, ce voyage de quelques jours devient une « odyssée » largement imaginaire. *Au paradis avec Michael Jackson* ne paraîtra qu'après la mort du chanteur, le 25 juin 2009, dans son manoir de Holmby Hills à Los Angeles, en Californie.

La mégalomanie existentielle de Gonzague s'adapte au personnage, avec lequel il n'a guère plus échangé que ses confrères. On a l'impression que lui seul aurait bénéficié des confidences de Jackson, installé avec sa suite à l'Okoumé Palace de Libreville.

« C'est ce soir-là, alors que nous étions seuls à l'étage qui lui était réservé, avant que l'on nous serve le dîner, que j'osai poser à Michael Jackson la question qui m'intriguait depuis des semaines :

— Pourquoi m'avez-vous choisi ?

— Tout simplement, je t'ai vu à la télévision dans mon programme préféré, "Good Morning America", et j'ai adoré la façon dont tu as décrit le cadeau que Léonard de Vinci avait fait à François Ier. *You mesmerized me !*"

Il employait, sans le savoir peut-être, une expression issue du siècle des Lumières qu'on n'utilisait plus en France et qui était courante aux États-Unis : "Vous m'avez mesmérisé !", ce qui signifie : "Vous m'avez subjugué"[1] »

Gonzague Saint Bris avait, en effet, participé à cette émission en 1989, à l'occasion de la sortie de sa biographie de La Fayette. Sous l'égide d'un mouvement d'amitié franco-américaine baptisé La Nouvelle Alliance, dont son ami Philippe Legrand, directeur de la communication de *Paris Match*, était le secrétaire général, il avait donné une série de conférences dans les villes et les comtés portant le nom du général. « C'est après avoir reçu un *award* de littérature à l'Université John F. Kennedy de Californie qu'on m'avait convié dans ce programme célébrissime en Amérique du Nord sur la chaîne ABC. Comme j'y montrais aussi les images des "clips culturels" que je venais de mettre en scène – *Cocteau poète graphique*, *Monet à Giverny* et *Vinci XXIe siècle* –, le présentateur de l'émission me demanda de parler de Léonard de Vinci[2]. » Gonzague en profita pour faire la promotion du Clos Lucé et évoquer la fête du Paradis donnée par Léonard pour François Ier, un roi de vingt ans qui venait de gagner la bataille de Marignan.

Michael Jackson, intéressé par l'Histoire, admirateur de Michel-Ange et de Léonard de Vinci, se serait souvenu

1. Gonzague Saint Bris, *Au paradis avec Michael Jackson*, Presses de la Cité, 2010.
2. *Ibid.*

de l'intervention de Gonzague Saint Bris. Celui-ci, en tout cas, veut nous le faire croire et devint au cours d'une soirée gabonaise le griot du chanteur qui avait dit : « Mon retour à l'Afrique, c'est mon retour au paradis. »

Au printemps 1984, Gonzague est l'un des invités du président de la République française, François Mitterrand, lors de son voyage d'État aux États-Unis. C'est l'occasion de rencontrer à la Maison-Blanche le président Ronald Reagan. Ensemble, ils évoquent la vie des « *insurgents* » durant la guerre d'Indépendance et l'appui du général La Fayette à la nation américaine naissante. Après deux mandats, Reagan quitte en 1989 la magistrature suprême des États-Unis, tandis que s'ouvrent en France les célébrations du Bicentenaire de la Révolution. Le marquis de La Fayette a trouvé en Gonzague Saint Bris, royaliste de cœur comme le journaliste Thierry Ardisson[1], son thuriféraire. Il fera campagne pour son entrée au Panthéon, à l'occasion des deux cent cinquante ans de sa naissance. Déclenchement d'une controverse avec Jean-Noël Jeanneney qui, dans un article du *Monde*, lui dénie ce droit[2].

Gonzague répond par une tribune que publie le quotidien[3] : « Comme beaucoup de Français, M. Jeanneney confond république et démocratie. Dans son texte paru

1. Le 21 janvier 1993, ils célébreront ensemble le bicentenaire de la mort de Louis XVI de Bourbon. Les monarchistes, toutes générations confondues, se sont rassemblés place de la Concorde où avait eu lieu l'exécution.

2. *Le Monde*, 9 novembre 2007.

3. *Le Monde*, 4 décembre 2007.

dans *Le Monde*, sa vision de la France paraît étroite et étrangement sectaire de la part d'un universitaire de son niveau. Il ne considère pas l'histoire de France dans sa continuité, à savoir que les hommes d'exception ont toujours servi l'intérêt de la France plus que celui d'un régime, que ce soit au temps de la monarchie ou de la république. Napoléon disait qu'il assumait tout de notre passé, de Clovis jusqu'au Comité de salut public. La France est un tout, cette France de Jeanne d'Arc comme de Guy Môquet, de Bayard comme de Leclerc, de Choiseul comme de Clemenceau, de Chateaubriand comme de Tocqueville. […] Méditez donc, monsieur Jeanneney, cette phrase de Madame de Staël adressée à La Fayette : "Vous êtes comme héros et comme martyr tellement uni à la liberté qu'indifféremment je prononce votre nom et le sien pour exprimer ce que je désire pour l'honneur de la France." »

À Paris, place des États-Unis, s'élèvent les statues de La Fayette et de George Washington. Gonzague Saint Bris a choisi cet endroit pour ensevelir son labrador Byron, mort à cause de sa négligence. Parti déjeuner chez Prunier, le restaurant de l'avenue Victor-Hugo, il laissa le chien dans sa Renault 5 noire. C'était en été, un jour de forte chaleur. À son retour, l'animal n'avait pas survécu au manque d'aération. En larmes, Gonzague sonna à la porte de Judith Belisha. « Après m'avoir annoncé l'affreuse nouvelle, je le revois, le visage défait, me demandant le nouveau collier de Byron qui était resté chez moi. Son ami Jésus, le charpentier, fabriqua un cercueil et, en pleine nuit, ils allèrent l'enterrer sous la statue de La Fayette. »

Une photo de Gonzague Saint Bris et de son chien Byron a été prise par Jacques Henri Lartigue. Elle sera vendue aux enchères à Drouot, comme le service à liqueur de lord Byron. L'historien a raconté sa provenance à la journaliste Pepita Dupont qui, dans *Paris Match*, recense des objets de son bureau. « Parfois les amoureuses ajoutent aux étreintes romantiques de délicieux cadeaux. Comment remercier cette bien-aimée d'avoir su trouver chez un antiquaire, pour marquer notre escapade vénitienne, le service à liqueur de Byron à Venise, le poète resté célèbre dans la Sérénissime pour sa traversée du Grand Canal à la nage, sur le dos et en fumant son cigare ? » Il lui montre également le coupe-papier de Jorge Luis Borges. « Au temps de la présidence d'Isabelita Perón, *Le Figaro* m'avait demandé un article sur l'Argentine. À mon arrivée à Buenos Aires, je n'ai qu'une idée, rencontrer Borges. Je finis par le trouver. Je me présente et aussitôt Borges me prend par le bras et m'emmène visiter le cimetière de La Recoleta. Et là il me dit : "L'autre Français m'a donné la définition de la Pampa, vertige horizontal". Cet autre français était bien sûr Drieu la Rochelle, auteur du *Feu follet* et d'*Adieu à Gonzague* écrit après le suicide du dadaïste Jacques Rigaut. De cette rencontre avec Borges m'est resté ce coupe-papier qu'il m'a offert[1]. »

La loupe de Flaubert figure parmi ses objets fétiches. « Ma passion de la collection va vers les objets ayant appartenu à des auteurs. J'ai les fauteuils néogothiques de Walter Scott, frappés du chardon d'Écosse, l'autel

1. *Paris Match*, 5 août 2009.

devant lequel a été baptisé Alfred de Vigny, sans oublier le scriban d'Alexandre Dumas jeune. Voilà pourquoi cette loupe au pommeau d'ivoire à l'effigie de l'amiral Nelson ramenée par Maxime Du Camp à Gustave Flaubert après un voyage à Londres ne quitte jamais mon bureau. Je l'ai acquise chez un antiquaire de Portobello[1]. »

Il y a aussi la semaine des sept stylos-plumes : « Chaque nuit, de quatre à cinq heures du matin, j'écris trois feuillets. Ce qui fait près de mille pages par an. Soit deux livres de cinq cents pages. Pour tenir ce rythme, il faut savoir égayer son labeur. J'ai mis au point le système des sept stylos, ils sont tous chargés avec des encres de couleurs différentes. Lundi, c'est *royal blue*, mardi perle noire, mercredi violette pensée, jeudi vert empire, vendredi éclat de saphir, samedi bleu des mers du Sud. Sur le stylo du jeudi en argent massif figure un tronc d'arbre, c'est le plus beau. Celui du vendredi n'est pas mal non plus. Un Cartier sans âge dont le capuchon est une montre. J'ai de la chance, on me les a tous offerts[2]. »

La lettre de Julien Gracq, dont on ne contestera pas l'authenticité, fait partie des objets culte de Gonzague. « Dès l'âge de vingt ans, j'allais le visiter en voisin à Saint-Florent-le-Vieil, sur les bords de la Loire. Jamais plus d'une fois par an pour ne pas abuser de son amitié. La lettre qu'il m'a adressée le 26 juin 2005, après la parution de mon livre *L'Enfant de Vinci*, vaut pour moi plus qu'un prix Goncourt. D'autant qu'il a été le seul à refuser cette récompense suprême. Lors de ma dernière

1. *Ibid.*
2. *Ibid.*

visite, Gracq m'a dit d'un air détaché : "La mort c'est pas compliqué, ce qu'il y a de bien avec la mort, c'est qu'on a rien à faire, elle s'occupe de tout." »

« La gaieté est le secret des vaillants ! » C'est par cette citation de Richard Wagner que Gonzague Saint Bris, la voix brisée par l'émotion, a terminé son message à l'éditeur Stéphane Watelet pour lui annoncer le décès de son frère Jean, en mars 2004, dans un accident de la route près de Tours. Il était âgé de cinquante-sept ans. Aîné de la fratrie, il avait hérité du Clos Lucé qu'il mit en valeur. Ce publicitaire tourangeau fit entrer la modernité au château, installant un « centre technologique Léonard de Vinci » dans une grange du XVe siècle. En 1988, Jacques Chirac fit appel à Jean Saint Bris pour la conception et l'organisation du Bicentenaire de la Révolution française. Un an plus tard, il créait sa propre société, spécialisée dans l'« ingénierie culturelle », mêlant étroitement patrimoine et recettes touristiques.

Gonzague nourrissait des sentiments contradictoires envers son grand frère. Il lui devait certainement son goût de l'innovation, des clips et des drones, alors que lui-même avait du mal à se servir d'un ordinateur. « On invoque souvent "l'esprit français", souligne Stéphane Watelet. Gonzague l'incarnait parfaitement, hors le sarcasme grinçant dont il est parfois empreint. À l'inverse, il était l'anticynique. Je le revois dans une émission de Franck Ferrand, face à Michel Onfray – professionnel averti, s'il en est, du déboulonnage de statues –, défendant avec empathie le marquis de Sade dont il avait su trouver les ressorts humains. »

Deux cents ans après la disparition de Donatien de Sade, son descendant, Hugues de Sade, et Stéphane Watelet ont suggéré à Gonzague d'écrire la biographie de l'auteur des *Cent vingt journées de Sodome* et de *Justine*. « Hugues de Sade – champion de l'aérostation – m'a bien souvent élevé, à partir des terres tourangelles de notre jeunesse, dans les cieux du Val de Loire. Un jour, il m'a touché au cœur en me confiant, dans la nacelle, entre deux nuages, l'effet produit sur lui par un souvenir d'enfance dans le château familial de Condé-en-Brie : la révélation de l'existence de la bibliothèque murée contenant tous les papiers du marquis de Sade[1]. »

Pour l'historien, ce fut le déclic. Ayant accès à des archives inédites, il décide de mettre en lumière « l'ange de l'ombre ». D'autant que la famille Saint Bris est liée depuis trois générations à celle de Sade. La comtesse Jeanne de Sade était une grande amie de Jean et Carmen Saint Bris, morts en déportation pour faits de Résistance.

Tous les écrivains ont une part d'obscurité qui est le révélateur de leur talent ou de leur génie. Donatien Alphonse François de Sade, né à Paris en 1740, mort en 1814 à l'asile de Charenton, était l'alchimiste génial de nos propres contradictions. Son biographe doit se contenter de l'énergie vitale qu'il communique à ses lecteurs. L'esprit du divin marquis, ce « monstre de liberté », l'habitait depuis longtemps. « Au fond, ce qui semble le plus troublant chez Sade, ce n'est pas cet érotisme obsessionnel, mais ce pessimisme intrinsèque de grand

1. Prologue de *Marquis de Sade, l'ange de l'ombre*, Télémaque, 2013.

connaisseur de la nature humaine, qui fait peut-être de l'ancien libertin du XVIIIe le premier romantique, au destin tragique et unique, lui qui écrivit : "C'est une chose très différente que d'aimer ou que de jouir ; la preuve est qu'on aime tous les jours sans jouir et qu'on jouit le plus souvent sans aimer[1]." »

---

1. « Une postérité paradoxale », *ibid.*

22

Sur la Carte du Tendre, les amoureuses de Gonzague Saint Bris ne se tiennent pas la main pour faire une ronde. Certaines se connaissent et même s'apprécient, d'autres veulent ignorer les coups de cœur d'un écrivain volage. Il propose parfois d'épouser l'élue qui devient « la reine des abeilles ». Clémence, la benjamine de ses conquêtes, sera la seule à devenir Mme Saint Bris. Quelques jours avant le mariage, Gonzague l'accompagne à un défilé. « Tu choisiras ta robe. » Inès de La Fressange a servi de modèle. Le mannequin en présente plusieurs. En 1977, à l'âge de vingt ans, la future égérie de la maison de haute couture Chanel, a été la petite amie de Gonzague. Pour payer ses séances de psychanalyse chez Jacques Lacan, elle avait défilé pour Guy Laroche.

« Quand j'ai reçu le prix Interallié, en 1977, pour mon roman *Les Feux du pouvoir*, ils sont venus me féliciter chez moi, rue du Cherche-Midi, se souvient Jean-Marie Rouart. Durant l'été, je les ai retrouvés à Biarritz, à la villa Martine, chez François de L'Espée, un descendant de Larousse. Ils s'engueulaient souvent. La voyante arménienne, Mme Sirakian, que nous consultions parfois rue de Maubeuge, lui avait dit : “Votre couple ne marchera jamais. Vous vous voyez roi, elle vous voit valet !” »

Inès de La Fressange est une habituée de la Côte basque. Le couturier Karl Lagerfeld en a fait son havre de paix. À Biarritz, sa propriété Elnorra est un refuge où il reçoit fastueusement ses amis, dont Gonzague. En 1980, il fera son portrait avec cette dédicace : « En route pour une nouvelle année de romantisme absolu. » Un dessin original au pastel, comme cet autre au crayon : « Voilà, cher Gonzague, un petit souvenir de Biarritz », daté d'avril 2004, tous deux vendus à l'Hôtel Drouot. Un portrait de Gonzague réalisé par Inès de La Fressange en 1978, dessin au feutre et au crayon le représentant avec des jouets d'enfants, sera proposé ce lundi 4 juin 2018, ainsi qu'un tirage en bronze du crâne du marquis de Sade et des gravures érotiques de Pierre-Yves Trémois. Du même artiste, une estampe intitulée *La nature fait bien les choses*. Elle montre un couple nu qui s'enlace.

Gonzague Saint Bris eut également les faveurs de la réalisatrice, scénariste et romancière Catherine Breillat, dont le premier roman, *L'Homme facile*, avait paru en 1968. Selon Edouard Saint Bris, elle a été importante dans la vie de son frère. « Je l'aimais beaucoup », me précise-t-il, regrettant que cette idylle n'ait pas duré. Sa liaison avec Nathalie Droulers, son assistante de la « Ligne ouverte », a également beaucoup compté. Jean-Marie Rouart les a accompagnés sur le lac de Côme. « Nous sommes allés visiter la villa Pliniana, un magnifique palais italien du XVIe siècle. Gonzague était furibard car son propriétaire avait commencé à le draguer… »

Amateur de belles demeures, il répondait aux invitations de Marisa Bruni Tedeschi, qui habitait le château Faraggi, à la pointe du cap Nègre, avec vue en contre-plongée sur le fort de Brégançon, la résidence estivale du président de la République. Gonzague Saint Bris occupait l'une des dix chambres à coucher, chacune disposant d'une terrasse particulière donnant sur la mer. Les filles de Marisa, Carla Bruni et Valeria Bruni Tedeschi, ont toujours apprécié Gonzague. En mars 2011, il retrouve leur mère, âgée de quatre-vingts ans, à l'Élysée. Nicolas Sarkozy remet des décorations à Charlotte Rampling, Gisèle Casadesus et à l'architecte Jean Nouvel.

La Villa San Michele, sur la colline de Fiesole qui domine Florence, comme le Cipriani de Venise, ou encore Praslin, la plus paradisiaque des îles de l'archipel des Seychelles, sont d'autres escales de luxe et de beauté. Une manière de paradis. Et puis il y a l'itinéraire « infernal » des nuits parisiennes : le Palace ouvert par Fabrice Emaer en 1978, les Bains Douches, le Mathis, un bar-restaurant de la rue de Ponthieu où Gérald Nanty, le maître de cérémonie, reçoit en priorité ses amis. Sa complicité avec Françoise Sagan, dont j'écrivis la première biographie, m'attira ses bonnes grâces.

Dans les dernières années, Gonzague Saint Bris portait des ensembles de couleur bleue, celle du personnage de son premier roman, *Athanase ou la manière bleue*, paru chez Julliard en 1976. Il n'avait alors que vingt-huit ans. « Le bleu est la couleur d'où est issue toute profondeur. » Il déclare dans une interview au *Figaro* : « La manière bleue, c'est la façon de voir la vie, c'est la façon optimiste de voir la vie, c'est la façon céleste de voir la vie.

Je crois que souvent dans nos vies, tout d'un coup, on a la manière bleue, et les gens qui nous aiment, les gens qui sont autour de nous, ressentent qu'on a la manière bleue. [...] C'est aussi un roman d'éducation, comme on en faisait au XIXe siècle. C'est l'histoire d'un jeune homme qui traverse une société. Il a peur et il fait peur. Et au fond, il est ambitieux, mais il porte au fond de lui un idéal suffisant pour le sublimer, et il va arriver à la fin de ce roman à réaliser la synthèse. [...] Cette principauté (où se situe l'action du roman) est romantique. Je crois au romantisme, je crois au vrai romantisme. »

Dans sa chronique de *La Revue des Deux Mondes*, Pierre de Boisdeffre constate que, chez Gonzague Saint Bris, « le talent est là, c'est certain. *Athanase ou la manière bleue* ravira beaucoup de lecteurs sensibles à la magie du style, quitte à n'être pas trop regardant sur sa qualité ». Le critique fait un parallèle avec le premier roman bien plus moderne de Betty Duhamel, *Gare Saint-Lazare*[1], « dont le style est aussi simple, aussi direct que celui de M. Saint Bris est précieux et souvent tape-à-l'œil[2] ».

La manière bleue de Gonzague a perdu de son charme et de son éclat. En revanche, le roman de Betty Duhamel, petite-fille de l'académicien Georges Duhamel, morte à quarante-neuf ans, en 1993, terrassée par le cancer, n'a pas pris une ride. Son héros Nicolas, qui « ressemble vaguement à Roger Nimier » selon Pierre de Boisdeffre, est en réalité Patrick Modiano. Pauline, la narratrice, était follement amoureuse de ce grand garçon tourmenté par

1. *Gare Saint-Lazare, ou ennemis intimes*, Gallimard, 1976.
2. *Revue des Deux Mondes*, octobre 1976.

ses démons intérieurs, occupé à écrire son premier livre. Betty, attachée de presse dans l'édition, passera à côté de l'homme de sa vie, futur prix Nobel de littérature. Julie, sa rivale dans le roman, prend chaque matin le train gare Saint-Lazare pour se rendre dans les bureaux de l'usine Simca à Poissy.

C'est de cette gare que Gonzague Saint Bris, le 7 août 2017, est parti pour Deauville où l'attendait Alice Bertheaume. Des vacances au Club Med de Cap Skirring, au Sénégal, et un bref séjour à Saint-Tropez les avaient rapprochés. Avant que le pire ne les sépare tragiquement. Le matin, il a pris son petit déjeuner chez Marcella, un restaurant italien du boulevard de Courcelles, non loin de l'atelier de la rue Pelouze. Hugues Courage, son patron, est un inconditionnel de l'écrivain. « Un grand monsieur, le cœur sur la main, très proche des gens, qu'ils soient connus ou anonymes. » Au cours d'un déjeuner, il lui avait présenté Laurent Rossi, auteur-compositeur-interprète adoubé par son père, Tino Rossi. Il habitait le quartier, près du parc Monceau, et disparaîtra en 2015, à soixante-sept ans, victime d'une crise cardiaque. « Triste coïncidence, Gonzague et Laurent sont partis tous les deux au mois d'août, presque au même âge », me dit Hugues Courage. Son sourire est explicite quand on évoque un Saint Bris obsédé par le beau sexe.

Au Grand Hôtel de Cabourg, Robert Sabatier préfère regarder les jolies femmes aux conversations d'un dîner interminable. « N'en pouvant plus, je prétextais un malaise pour quitter la table. Sur la plage, je vis José Luis de Vilallonga en compagnie de Gonzague Saint Bris. J'ai pensé alors au jeune Rastignac rencontrant un autre personnage de *La Comédie humaine*[1]. » Le Festival du film romantique de Cabourg, fondé en 1983 par Gonzague Saint Bris et Suzel Pietri, est l'événement majeur de la station balnéaire. Son maire, Tristan Duval, était auprès de Gonzague en juillet 2017, un mois avant sa disparition. Ils inauguraient la statue de Marcel Proust dans les jardins du Casino.

La suite 412 du Grand Hôtel porte désormais le nom de Gonzague Saint Bris. Elle jouxte, au quatrième étage, la chambre qu'occupait l'auteur de la *Recherche*. Directrice du Grand Hôtel, Corinne Dupont évoque l'excentrique touche-à-tout, personnage contemporain emblématique du palace. « Je le vois encore déambuler dans son peignoir, revenant de la mer jusqu'au hall. Il était heureux. Il se sentait chez lui et il avait bien raison. » Le bâtiment du Pôle social et culturel a également été baptisé de son nom. Dorénavant, Gonzague a pris place dans le cortège des illustres fantômes de Cabourg. Avant-guerre, la famille Mame rejoignait chaque été la station normande, escortée de ses domestiques, dont le maître d'hôtel chargé d'ouvrir la porte de la villa donnant sur la mer. « Nous avions une cabine sur la plage, comme la plupart des familles aisées à l'époque », se souvenait Agnès Saint Bris[2]. Comme ses frères et sœurs, la petite fille était inscrite au Club Mickey.

À Saint-Germain-des-Prés, Gonzague était un habitué de la brasserie Lipp, du Flore et surtout du café des

1. Robert Sabatier, *Je vous quitte en vous embrassant bien fort*, Albin Michel, 2014.
2. Agnès Saint Bris, *Belle est la vie*, *op. cit.*

Deux Magots. Le dimanche 25 juin 2017, il participe sur Sud Radio à l'émission de Valérie Expert et Gérard Collard, le médiatique libraire de Saint-Maur-des-Fossés (Val-de-Marne), fondateur d'un salon consacré aux livres de poche. L'émission « Aux Deux Magots » se déroule en terrasse. Gonzague Saint Bris vient de publier *Déshabillons l'histoire de France*. Il aurait reçu le prix de l'audace amoureuse, une invention de sa part que personne ne conteste. Et celui du livre de l'été décerné lors d'une soirée littéraire aux Deux Magots. Pitch de l'ouvrage : « Le cul, le sexe et la baise », résume-t-il. Son ami Gérard Collard est plus délicat : « Des histoires qui font l'amour à l'Histoire. » Gonzague Saint Bris, qui a filmé l'Élysée avec un drone, évoque le président Emmanuel Macron « qui aurait voulu être écrivain ». Il dit apprécier les séries télévisées – « elles ont le génie des romans du XIXe siècle » – et donne sa définition du tweet en citant Tchekhov : « La brièveté est sœur du talent. » Formule à ne pas prendre pour argent comptant, comme toutes celles dont il use et abuse. Lorsque Valérie Expert lui demande : « Êtes vous rive droite ou rive gauche ? », il répond : « Je suis extrême centre ! »

Capucine Milliot n'ignore pas qu'elle a une rivale. « J'ai découvert au bout de six mois, dans la rubrique d'Agathe Godard de *Paris Match*, ce titre : "Gonzague ne cache pas sa passion pour Patricia Campagne." Cela m'a traumatisée. Patricia qui travaillait pour lui, grande, très belle, très élégante, était l'officielle et moi celle que l'on cache. Un jour où je devais lui casser les pieds pour savoir laquelle des deux il préférait, il m'a emmenée chez Cartier, en face des Deux Magots, où nous brunchions le dimanche. Il voulait m'offrir une bague Tank sublime. Au moment de régler, j'ai refusé qu'il l'achète, son intention m'était suffisante et je n'aurais jamais pu expliquer à mes parents la provenance d'une bague de cette importance. »

Je corresponds par e-mail avec Capucine, qui dirige une galerie d'art à New York. « J'ai adoré faire des recherches pour son roman sur Mme Hanska, je passais mes journées à la bibliothèque Forney. Gonzague m'a vraiment tirée vers le haut, il m'a fait entrer chez Christie's. J'en rêvais, mais je n'avais pas de connexions dans le monde de l'art. » Puis : « Je me souviens avoir lu *La Prisonnière*, le livre témoignage de Malika Oufkir, la fille du général[1]. Elle raconte, durant ses années d'emprisonnement dans le désert, avoir réussi à construire une petite radio à l'aide d'une pile et d'une antenne de fortune. Une nuit, alors qu'elle écoute la "Ligne ouverte", Gonzague demande ce que sont devenus les enfants du général. Elle se rend compte qu'on ne les a pas oubliés et ces mots vont les aider à survivre. J'ai informé Gonzague de ce détail et je crois qu'à la suite de ça il a rencontré Malika. S'il pouvait être particulièrement maladroit, c'était quelqu'un de curieux envers son prochain. Il adorait discuter avec les serveurs des cafés et restaurants, s'intéressant à leur vie personnelle. Je me souviens que, prenant l'avion pour New York, il a aperçu Brad Pitt et est allé s'asseoir à côté de lui. Ils ont parlé pendant tout le vol. L'acteur a trouvé Gonzague passionnant. »

1. Mohamed Oufkir (1920-1972) fut l'instigateur d'un coup d'État contre le roi du Maroc Hassan II. Après cette tentative manquée, le général se serait suicidé. Une version contestée par les siens.

La veille d'un week-end romantique au Clos Lucé, Capucine a une très mauvaise surprise : « À la recherche des invitations d'un voyage de presse, nous nous sommes arrêtés sur un parking. Il a vidé le coffre et retrouvé les papiers, mais il a oublié mon sac de voyage. J'avais évidemment pris mes plus belles affaires. Je me souviens avoir passé la nuit à geindre. N'en pouvant plus, Gonzague m'a conduit à 4 heures du matin sur le parking. Bien sûr, le sac avait disparu. J'ai dressé une liste de tout ce qu'il contenait. Il m'a aussitôt signé un chèque de 10 000 francs pour me dédommager. Après ça, il a fait un peu plus attention aux affaires des autres… Gonzague perdait tout – dans le train, dans un taxi. La première page de son carnet bleu commençait par : "Si vous trouvez ce carnet…" »

Elle poursuit : « Rien ne le dérangeait. Cela me faisait sauter au plafond. Se balader avec un sac en papier sur la tête en sortant de chez le coiffeur, s'il pleuvait… Il prenait sa grosse brosse à cheveux au restaurant et remettait du volume à sa coiffure… Il s'endormait à table (dîner de gala, table de dix personnes), je lui piquais la cuisse avec ma fourchette, mais il me demandait de le laisser terminer sa sieste ! À chaque dîner d'anniversaire, j'ignore pourquoi, il prenait un livre et se mettait à lire en me déclarant que je l'ennuyais… Je me souviens d'une soirée avec son ami Lionel Poilâne, nous roulions boulevard Saint-Germain. Lionel envoyait des boulettes aux passants avec une sarbacane. Il remontait la vitre teintée aussitôt le coup parti. Gonzague trouvait ça génial. »

Au retour de Rungis, j'étais dans la voiture de Lionel Poilâne avec Gilles Pudlowski, critique gastronomique et chroniqueur littéraire. Tout le long du parcours, ses « attaques » à la sarbacane faisaient mouche. Son joujou de gosse. Comme Gonzague, le célèbre boulanger de la rue du Cherche-Midi avait un comportement d'enfant farceur. Le 31 octobre 2002, il meurt avec son épouse dans le crash de son hélicoptère, au large de Cancale.

23

Adoré ou détesté, Gonzague Saint Bris laisse des souvenirs qui ne survivront que dans le cœur de ses vrais amis. Dernier dandy d'une époque que les temps actuels sont en train d'enfouir non sans nostalgie. « J'ai oublié les mains de Gonzague. Son regard est toujours très présent », remarque Anaïs Sassi[1] qui le couvait des yeux. À l'âge de quinze ans, elle était tombée amoureuse de sa photo dans un magazine…

Au lendemain de sa mort, Jean-Marie Rouart lui rend hommage dans *Paris Match*. L'académicien français, sous le titre « Adieu mon ami », saisit tous les aspects d'un personnage protéiforme : « Personne n'a eu comme lui le sens du théâtre, de ces fêtes collectives au cours desquelles il pouvait donner libre cours à sa fantaisie. Il y avait chez lui du Mercutio, le personnage de *Roméo et Juliette*, qui plaisante, enchante ses amis par ses facéties et ses histoires sans leur dire qu'il a une épée plantée dans le cœur et

1. Animatrice d'un salon littéraire à Paris, elle a participé à l'organisation de La Forêt des livres, devenue « Les écrivains chez Gonzague Saint Bris ».

qu'il va mourir. Car le tragique de son personnage si haut en couleur, si fantasque, si tendre dans l'amitié, peu de gens le connaissaient. Il préférait montrer son autre visage, célèbre celui-là, du grand bateleur médiatique. On voyait surtout l'homme des fêtes télévisuelles, le raconteur d'histoire qui tentait d'enchanter la vie en en extrayant les aventures les plus merveilleuses. [...] Mais ce qui animait son amour de l'Histoire, c'était, dans le roman national, une leçon de grandeur : cette leçon, avec sa tonalité douloureuse et cruelle, qu'il avait reçue de ses grands-parents déportés pour faits de Résistance. C'est sous cet éclairage de la grandeur et du malheur dissimulé que l'on rend le plus justice à Gonzague. Car, s'il a prêté le flanc à la critique par son exposition médiatique, son culte donquichottesque de la personnalité, on a trop peu souvent rendu hommage à son talent d'écrivain, original, baroque, farfelu. »

Pour Jean-Marie Rouart, un ami de quarante ans, Gonzague Saint Bris a été l'homme des malentendus. Le journaliste qui fréquentait les Bains Douches avec Serge Gainsbourg – il fit son portrait dans *Le Figaro littéraire*[1] –, s'exhibait avec des stars du showbiz à La Forêt des livres, prenait la pose en compagnie de célébrités diverses, devint lui-même un people pour magazines. Tout cela l'a énormément desservi. « D'où ses échecs à l'Académie française », écrit Rouart, qui conseille de relire ses livres : « Nous trouverons sa vérité secrète, sa magie, hors des malentendus. Gonzague était mon ami. »

---

1. « Gainsbourg a atteint le temps des cerises », *Le Figaro littéraire*, 24 décembre 1971.

L'historien Jean des Cars qui descend d'une des plus vieilles familles de France, originaire du Limousin, fils du journaliste et romancier Guy des Cars, auteur éminemment populaire, n'a aucune estime pour Gonzague. On peut même dire qu'il l'abomine ; surtout depuis son mariage, dont il s'est moqué. « Gonzague était un invraisemblable truqueur, un faussaire et un imposteur qui a pourri une partie de ma vie professionnelle, mais qu'il repose en paix. » Parti sur les pas de Louis II de Bavière, Gonzague Saint Bris, invité surprise, lui gâcha le voyage. « Quand j'étais à *Paris Match*, il réservait une table au Fouquet's, le restaurant des Champs-Élysées qu'avait racheté Maurice Casanova, n'hésitant pas à inviter plusieurs personnes sans régler la note. » À Ajaccio, m'a dit Casanova, on l'aurait retrouvé dans le port !

24

Un jour, Gonzague Saint Bris a piqué involontairement une tête dans l'étang du château des Nardilays, à Vernou-en-Sologne (Loir-et-Cher). Il était l'hôte de l'industriel Martin Bouygues. En fin de journée, le patron du groupe TF1 propose à Gonzague de parcourir sa vaste propriété toute neuve. Melissa, un ancien mannequin, épouse du milliardaire, se met au volant d'une voiturette. Au bord de l'étang, elle fait une fausse manœuvre et se retrouve dans l'eau avec l'écrivain qui barbote. « Il est rentré à Paris sans prendre le temps de se sécher », me dit Jean-Louis von Hauck, son accompagnateur lors de cette visite chez Martin Bouygues.

Le samedi 28 février 2015, à 14 h 39, une dépêche de l'AFP annonce la mort de l'homme d'affaires. Elle sera démentie à 14 h 55 par un tweet de LCI, la chaîne dont il est propriétaire, qui avait relayé la fausse information. On s'était trompé de Martin ! Gonzague Saint Bris, lui, a bel et bien disparu dans la nuit du 7 au 8 août 2017. Mais il ressuscite grâce à l'émission de Vincent Ferniot, « Midi en France ». La dernière télé de Gonzague, enregistrée à Cabourg le 5 juillet 2017, a été diffusée sur France 3 le vendredi 8 septembre. Son animateur lui a dédié ce numéro en ces termes : « Gonzague, cette émission t'est consacrée, tu es notre ami pour toujours. »

Les funérailles de l'écrivain et journaliste ont été célébrées le lundi 14 août, veille de l'Assomption, à 14 heures, en la collégiale Saint-Denis d'Amboise. Des centaines d'anonymes se sont rassemblés. Pour ceux qui n'ont pas pu entrer dans la basilique, la cérémonie est retransmise à l'extérieur par des haut-parleurs. Des personnalités tourangelles, des amis du monde des lettres, du spectacle et du journalisme, entourent la famille et Alice Bertheaume. En tenue de scout, un petit-neveu de Gonzague porte le fanion en velours noir des « Requins », le nom du groupe auquel avait appartenu le jeune Saint Bris. Jean-Marie Rouart, très ému, prend la parole, évoquant un personnage « inapte à être enfermé dans la cage des conventions ». Avant lui, François Saint Bris salue la mémoire d'un « trublion des lettres », « missionnaire singulier de la culture ».

Patrick Poivre d'Arvor, Jean-Claude Narcy, l'humoriste Raphaël Mezrahi, les romancières Irène Frain et Martine Le Coz, l'ancien ministre écologiste Brice Lalonde, la chanteuse Dani, Bethy Lagardère, la veuve de Jean-Luc, ont pris place dans la nef de l'église. À la fin de la messe, Francis Lalanne a chanté *a capella* « On se retrouvera ». Un cortège a ensuite suivi le cercueil jusqu'au cimetière d'Amboise. Gonzague Saint Bris a été inhumé dans le caveau familial, non loin du Clos Lucé où ses proches furent conviés.

Martine Le Coz, qui habite Amboise, a reçu le prix Renaudot en 2001 pour son roman *Céleste*. Fascinée par le peintre Turner et par Gilles de Rais, cette figure du Mal, elle a construit une œuvre entre blessures, occultisme, ombres et lumières salvatrices. Un soir de Noël, son mari François, chef cuisinier, au moment de fermer son restaurant, a dû se remettre aux fourneaux à cause de Gonzague. Celui-ci, accompagné d'une amie, avait insisté pour être servi dans l'heure. « François s'exécuta sans se plaindre », me raconte Martine de sa douce voix. Elle lui avait dit : « J'ai peur que vous ne soyez pas heureux. »

« Les gauchers privilégient le côté le plus sensible du cerveau. Même si je n'ai rien de lui, je suis tout de même gaucher[1] », disait Gonzague en se référant à Léonard de Vinci, le « gaucher fabuleux ». La graphologie révèle aussi le caractère d'un individu. Son écriture était singulière. J'ai demandé à Martine Le Coz, experte en la matière, de l'analyser. « Nul besoin d'être graphologue pour constater que l'écriture de Gonzague fait forte impression. La grandeur du tracé, sa majesté, nous impose aussitôt sa distinction. Qui oserait, sur la feuille de papier, non seulement occuper, mais plus précisément prendre autant de place ? Car la pression de l'écriture en témoigne : la volonté de domination est celle d'un ego très puissant. Le tracé s'étire en haut et en bas, à droite et à gauche, en barres épaisses. Le territoire entier de la feuille doit lui être soumis, comme si le monde devait s'incliner devant cette exigence dévorante, si combative et obstinée que l'élégance finit par y perdre. Quelle lutte contre le silence de la page et contre le vide… Lutte d'autant plus terrible que Gonzague, gaucher, doit se vaincre de lettre en lettre pour

1. *L'Enfant de Vinci*, *op. cit.*

gagner le bord droit de la page, alors que son mouvement naturel le porterait vers la gauche. Quel besoin tragique que de se vouloir si grand dans un monde qui roule, indifférent aux affres de chacun. Une marque géante, noir sur blanc, ne suffira jamais à l'apaiser. [...] Son écriture manuscrite trahit la revanche à prendre sur l'enfance et la famille, le ressentiment. Il joue son rôle de seigneur dans la fiction sociale avec talent et efficacité, ne lâchant rien, au risque de condamner en secret le piteux héros de cette farce et de s'effondrer sur lui-même dans l'intimité. Il s'est assigné à résidence dans un royaume qui n'existe pas, comme s'il s'aimait déjà statue dans le regard des autres que, dans l'ensemble, il considère à peine. Mais Gonzague ne vit pas que l'impasse. Son cœur n'est pas froid. L'homme aime la volupté. Il peut être un ami. La pâte de l'écriture traduit la possibilité de chaudes expériences partagées. Son malheur est de s'amputer de son authenticité en refoulant sa sensibilité et de tout dévoyer au service d'une grandeur rêvée, en dépit d'une capacité d'expression pourtant bien réelle et certainement exceptionnelle. [...] La question reste : s'est-il seulement rencontré ? En conflit avec lui-même (nous voyons ici les cassures et les tiraillements contraires de son tracé), il s'est cherché dans un au-delà invérifiable plutôt que de faire face, n'étant pas sûr de pouvoir s'aimer. »

Martine Le Coz pose une autre question : « A-t-il vraiment rencontré quelqu'un, quelqu'une ? A-t-il connu le temps privilégié, éminemment heureux, d'une parenté d'esprit, ou n'a-t-il vu dans les autres, d'une manière générale, que des instruments "remplaçables", faire-valoir, éléments d'évaluation et de comparaison avec l'image désirée de lui-même ? Il est capable de générosité, encore une fois il en a l'envergure, mais il n'a jamais déposé le fardeau de sa noble naissance sous le parrainage de ces deux géants, François Ier et Léonard de Vinci. "On est riche quand on n'a besoin de rien", rappelait pourtant Léonard. Or, Gonzague a gros besoin de son nom dans l'Histoire, d'une légende même, quitte à n'être pas toujours regardant sur ses faits et mérites. Faute d'habit vert garant de son immortalité, il a su faire vivre les arbres de Chanceaux en invitant chez lui des centaines d'écrivains. Il a eu son "balcon en forêt", plate-forme étroite du chalet des Chasseurs sur laquelle il a serré contre lui les auteurs contemporains les plus célébrés. Il leur a fait gravir son raide escalier sous le ciel de Touraine et il a ouvert la fête magnifique de La Forêt des livres à des milliers de gens… Gonzague a connu cet accomplissement sous forme de rendez-vous triomphal, immanquablement ensoleillé, qui martelait chaque année sa propre mémoire. Les méchants disent qu'il en a profité, comme il a profité de tous ? Mais on ne se nourrit bien que de ce qui est partagé, et la "Forêt" de Gonzague restera le monument d'un festin qu'il a choisi d'offrir à tous. »

« S'il est question de rédemption chez Gonzague Saint Bris, conclut Martine Le Coz, son écriture en témoigne, il y a travaillé dur. Blessé dans son idéal, inévitablement, il a œuvré avec cœur et hardiesse dans le monde des lettres. Et il a rendu fécond le champ de tous ceux qu'il a emmenés dans ses larges sillons. Voilà un mérite digne de ses aspirations, et sur son narcissisme douloureux, c'est sa victoire. »

Pendant quatre ans, les invités de La Forêt des livres ont pris l'*Orient Express*. L'exotisme selon Gonzague ! C'est son ami Michel Fremder, directeur général de Train Exposition SNCF, qui – sur les conseils d'Édith Rébillon, directrice du département *Orient Express* – l'avait mis sur les rails de ce train mythique.

En juillet 2018, le jardin médiéval du Donjon de Loches, sa ville natale, a été rebaptisé Espace Gonzague Saint Bris. Il fut question que la place de la Marne, où s'élève la statue d'Alfred de Vigny, porte son nom. Natif de cette petite ville de Touraine, le poète a déjà une rue et Gonzague lui avait consacré une biographie. Les réunir dans un même endroit serait une façon originale d'honorer l'historien mal-aimé. Ce fou d'Amérique s'amusait à dire : « Je suis né à Loches Angeles. »

Le mercredi 17 avril 2019, une plaque a été dévoilée sur la façade du 5, rue Pelouze, avec cette inscription : « Ici vécut de 2002 à 2017 Gonzague Saint Bris. Écrivain, historien, journaliste 1948-2017. » Jeanne d'Hautesserre, maire du VIIIe arrondissement, la famille de Gonzague, l'équipe de La Forêt des livres, Jean-Marie Rouart, Dominique Bona, le patron de presse Denis Olivennes, compagnon d'Inès de La Fressange, Brice Lalonde, Patrick Poivre d'Arvor, Macha Méril, Sarah Doraghi et des élus tourangeaux sont au rendez-vous.

Quelques jours après sa disparition, je suis venu me recueillir devant son domicile parisien. Un petit bouquet de fleurs était accroché à la poignée en bronze de la porte d'entrée, avec ce simple mot : « Merci Gonzague. »

Jeudi 28 septembre 2017. Moins d'un mois après la parution posthume du dernier roman de Gonzague

Saint Bris, *Les Aristocrates rebelles*, aux éditions Les Arènes, une messe en souvenir de Gonzague Saint Bris est célébrée en l'église Saint-Sulpice. Sur chaque chaise a été déposée une brochure pour suivre la cérémonie. La photo de l'écrivain illustre la dernière page, sous la formule d'Honoré de Balzac souvent citée par Gonzague : « J'appartiens à ce parti d'opposition qui s'appelle la vie. » L'organiste et compositeur Éric Lebrun est à la console. La cantatrice Cecilia Norick, également romancière et amoureuse de Saint-Tropez, apporte sa contribution. L'écrivain Yann Queffélec trouve les mots pour faire vibrer sa relation avec l'aristocrate rebelle. Je rejoins Laurent Hallier, le frère de Jean-Edern, accompagné de l'écrivain et éditeur Jean-Loup Chiflet. À l'écart, François-Marie Banier, qui habite à proximité. Fini l'époque où il passait la mesure en irrespect. L'abbé Alain de La Morandais assiste le père Jean-Loup Lacroix, curé de la paroisse Saint-Sulpice.

Alice Bertheaume avance dans l'allée centrale avec la famille Saint Bris. Nous échangeons un regard. Elle me fait un geste intraduisible. Je me souviens des copieux petits déjeuners de Gonzague à l'hôtel Royal de Deauville. Alice le contemplait, semblant lui dire : « Je ne puis vivre sans vous. » Le visage bouffi, il avait été victime d'un léger AVC détecté par Nicole Wisniak, la directrice de la revue *Égoïste*. Au téléphone, elle a senti que quelque chose n'allait pas. Une brève et discrète hospitalisation, aucune séquelle. Dominique Desseigne, président du groupe Barrière, a rejoint Gonzague et Alice à leur table. Grand ami de l'écrivain, il lui passait tous ses caprices de client privilégié et l'invitait régulièrement au Fouquet's.

L'intimité de ses palaces donnait à l'auteur des *Vieillards de Brighton* l'impression d'être à l'abri, hors d'atteinte et comme invulnérable. C'est ce que ressentent les grands bridgeurs réunis à Deauville, lors des tournois auxquels participait l'acteur Omar Sharif. Sous sa signature, le journaliste Guy Dupont préparait les donnes chaque semaine dans *Le Figaro Magazine*. Il a bien connu Gonzague Saint Bris à *France-Soir*. « C'était un bateleur qui avait une véritable culture. On déjeunait souvent à la cantine. »

Catherine Wrobel, qui a travaillé à la rubrique mode de *France-Soir*, se soucie peu des célébrités. En 1983, jeune journaliste au *Courrier de la fourrure*, elle n'est pas du genre à caresser dans le sens du poil ce Saint Bris invité par Revillon au village de Roland Garros. « À ma table, où on l'attendait, on était assez excité par sa venue. Sauf moi, que cette perspective laissait indifférente. Arrivé en retard, il nous a jeté un regard de poisson froid et s'est éclipsé à une autre table. Ce malotru ne m'a donc jamais connue. »

25

Mercredi 16 juin 2021. À Pocé-sur-Cisse, je retrouve dans leur belle demeure Marie Eve Breguet et son mari Olivier de Serres, dont la sœur Françoise a appris à Gonzague à danser le rock. Nous sommes à quelques kilomètres d'Amboise. Leur voisin Mick Jagger, propriétaire du château de Fourchette, est en tournée. Pandémie de Covid-19 oblige, plusieurs concerts des Rolling Stones ont été annulés. Marie Eve et Olivier ont invité Jean-Jacques Debout, un autre des vrais amis de Gonzague. Quand le chanteur et Chantal Goya, son épouse, vivaient au château de Bussière, à Loches, il venait à cheval jusqu'à Chanceaux. Jean-Jacques, sans Chantal, est arrivé masqué. Il est aussi bavard qu'une pie, ses anecdotes sont interminables. Départ pour le Clos Lucé, où nous attend François Saint Bris. Très affairé, il prépare l'ouverture au public. Dans cinq jours, ce sera le solstice d'été, jour le plus long de l'année. Il fait déjà très chaud.

Le château est situé au cœur d'un parc de sept hectares traversés par l'Amasse, un petit affluent de la Loire. Le prieuré, transformé en restaurant, était autrefois le domaine de Roger Mame, l'oncle de Gonzague. Il y a vécu avec la romancière québécoise Anne Hébert, prix Femina 1982 pour *Les Fous de Bassan*. Le couple était libre, rétif au mariage. « Il régnait là une liberté de ton, d'attitude et de conversations qui nous enchantait. L'esprit cosmopolite crépitait derrière les lucarnes. C'est de ces fenêtres ouvertes sur la respiration verte de l'été que j'ai entendu pour la première fois la musique d'Erik Satie, les accents apaisants des *Gnossiennes* et la placidité liquide des *Gymnopédies*[1]. » Le disque vinyle de Gonzague *Les Musiques du nouveau romantisme* est un collector[2].

La chaleur est de plus en plus accablante. Sous l'ombrage de grands arbres centenaires, nous écoutons Jean-Jacques Debout raconter une histoire abracadabrante : « Je déjeunais chez Lipp avec Trenet. Gonzague Saint Bris est venu nous rejoindre. Trenet, buvant du cognac comme du petit-lait, parlait de sa mère en Allemagne et… d'Hitler. "Il était l'ami d'un ami de mon beau-père qui avait fait les Beaux-Arts à Vienne avec lui. Un type agréable." Gonzague, dont les grands-parents paternels ont été martyrisés et battus à mort par les nazis, l'écoute sans broncher. À une table voisine Marcel Bleustein-Blanchet, fondateur du groupe Publicis, est en train de déjeuner avec son gendre Robert Badinter. Il se lève, furieux, et demande au "fou chantant" de se taire. »

1. *L'Enfant de Vinci*, *op. cit.*

2. Roger Mame et Jacques Saint Bris ont collaboré au disque produit chez Edouard Saint Bris. À l'origine de ce 33 tours, LouHazan, P-DG de la maison de disques Phonogram. Séduit par l'entregent et la verve de Gonzague Saint Bris, il avait mis à sa disposition des bureaux sur les Champs-Élysées.

Malgré cet incident, Gonzague Saint Bris suivra Trenet qui les entraîne dans un cabaret. En déplacement à Limoges pour un Salon du livre, l'historien ira visiter le Musée de la Résistance et de la Déportation. « Je l'ai vu pleurer devant les vitrines », me dit Philippe Lorin.

Au bord de l'Amasse, j'ai l'impression de me rafraîchir en regardant l'eau paisible. Tombée du haut de la grande écluse, Arabelle s'est noyée dans cette rivière. Gonzague l'apprit de la bouche de Maurice, le vieux jardinier du Clos Lucé, très étonné. « Comment peux-tu l'avoir connue, alors qu'elle est morte quand tu n'étais même pas né ? » Son fantôme est entré dans la légende du château dont les secrets n'appartiennent qu'à Léonard de Vinci. Une phrase du maître toscan à méditer : « Heureux sont ceux qui prêteront l'oreille à la parole des morts. »

Pour expliquer l'accident du 8 août 2017, Alice Bertheaume a dit avoir voulu éviter un renard. Quand elle était petite fille, Marie Saint Bris, la sœur de Gonzague, entrait sur la pointe des pieds dans la mystérieuse chambre de Léonard de Vinci. « Elle guettait ceux qui susurraient son nom à mi-voix. Un jour, en prêtant l'oreille, elle avait entendu chuchoter sur des bouches extasiées : "C'est la chambre du renard… La chambre du Renard de Vinci !"[1] »

1. *Le Renard de Vinci*, un conte de Marie Saint Bris.

Œuvres de Gonzague Saint Bris

Aristocrates rebelles, Les Arènes, 2017.
Déshabillons l'histoire de France : tableau des mœurs françaises, XO Éditions, 2017.
Un ruban de rêve : le premier festival de Cannes, Steinkis Groupe/Éditions Prisma, 2016.
Louis XI, le méconnu, Albin Michel, 2015.
Le Goût de Stendhal, Télémaque, 2014.
Louis XIV et le Grand Siècle, Télémaque, 2012 ; Le Livre de Poche, 2014.
Marquis de Sade : l'ange de l'ombre, Télémaque, 2013.
En tête à tête avec Victor Hugo, Gründ, 2012.
Rosa Bonheur : Liberté est son nom, Robert Laffont, 2012.
Les Châteaux de la Loire vus par Gonzague Saint Bris, Hugo Image, 2011.
Balzac : une vie de roman, Télémaque, 2011.
Alfred de Musset, Grasset, 2010.
Au paradis avec Michael Jackson, Presses de la Cité, 2010.
Henri IV et la France réconciliée, Télémaque, 2009.
François Ier et la Renaissance, Télémaque, 2009.
La Malibran : la voix qui dit je t'aime, Belfond, 2009.
Les Romans de Venise, Le Rocher, 2007.
Histoires d'été, Télémaque, 2007.

Marie, l'ange rebelle, Belfond, 2007 ; Pocket, 2009.
La Fayette, Télémaque, 2006 ; Gallimard, 2007.
Sur les pas de Léonard de Vinci, illustrations de Philippe Lorin, Presses de la Renaissance, 2006.
Sur les pas de Jules Verne, carnets de voyage, illustrations de Stéphane Heuet, préface d'Olivier de Kersauson, Presses de la Renaissance, 2005.
L'Enfant de Vinci, Grasset, 2005 (prix des Romancières).
Léonard, ou le Génie du roi au Clos Lucé, CLD, 2005.
Sur les pas de George Sand, carnets de voyage, illustrations de Philippe Lorin, Presses de la Renaissance, 2004.
L'Éducation gourmande de Flaubert, avec Éric Frechon, Minerva, 2004.
Les Princes du romantisme, biographies, Robert Laffont, 2003.
Mes châteaux de la Loire, carnets de voyage, illustrations de Philippe Lorin, Flammarion, 2003.
Les Vieillards de Brighton, roman, Grasset, 2002 (prix Interallié).
La Grande vie d'Alexandre Dumas, avec Alain Ducasse, Minerva, 2001 (prix de l'Art de vivre).
La Trilogie impériale : I. Le Sacre… et Bonaparte devint Napoléon ; *Les Vingt ans de l'Aiglon* ; *Le Coup d'éclat du 2 décembre*, Taillandier, 1999-2001.
Le Bel Appétit de monsieur de Balzac, avec Jean Bardet, Chêne, 1999 (prix Gourmand).
« Je vous aime, inconnue ». Balzac et Eva Hanska, Le Nil, 1999 (prix Cœur de la France).
Agnès Sorel, beauté royale, Éditions de La Nouvelle République, 1998.
Les Larmes de la gloire, Éditions Anne Carrière, 1998.
Alfred de Vigny, ou la Volupté et l'honneur, Grasset, 1997 (prix du Bicentenaire).
Romans secrets de l'Histoire, Michel Lafon, 1996.

Les Égéries romantiques, avec Vladimir Fédorovski, Jean-Claude Lattès, 1996.

Les Égéries russes, avec Vladimir Fédorovski, Jean-Claude Lattès, 1994.

L'Histoire en trois dimensions : I. *Les Dynasties brisées* ; II. *Les Aiglons dispersés* ; III. *Les Septennats évanouis*, Jean-Claude Lattès, 1992-1995.

Desaix, le sultan de Bonaparte, biographie, Librairie académique Perrin, 1995 (prix Dupleix 1996).

La Fayette, la stature de la liberté, biographie, Filipacchi, 1989 (prix Contrepoint 1989, Award de littérature de l'université J. F. Kennedy, prix de la société de géographie, Plume d'or de la biographie).

Les Histoires de l'Histoire, récits, Michel Lafon, 1987.

La Nostalgie, camarades !, essai, Albin Michel, 1982.

Ligne ouverte au cœur de la nuit, document, Robert Laffont, 1979.

Le Romantisme absolu, essai, Stock/Édition° 1, 1978.

Athanase, ou la Manière bleue, roman, Julliard, 1976.

Qui est snob ?, essai, Calmann-Lévy, 1973.

Thème astrologique de Gonzague Saint Bris

par Fabrice Maze

Verseau ascendant Lion : une personnalité forte et ambitieuse.

Du signe solaire du Verseau, Gonzague présente un sens humain et social développé, une originalité, une indépendance, un esprit novateur, progressiste et non conventionnel.

Son ascendant Lion signe un tempérament conquérant et ambitieux, d'autant plus que sa première maison (le Moi) est occupée par trois planètes, la Lune (sensibilité et enfance), Pluton (l'inconscient, le refoulement, la mort, les transformations) et Saturne (jugement, discipline et sagesse). Ces trois planètes signent une puissante personnalité, ainsi qu'une forte propension à l'égocentrisme. Son MC (Milieu du Ciel) en Bélier indique un tempérament conquérant, volontaire et batailleur. Son énergie générale est tournée par la conquête des sommets.

Ses zones d'ombre : une opposition Soleil-Mercure à trois planètes conjointes, Lune, Pluton et Saturne et une Vénus affligée.

Sa carte du ciel présente d'emblée de fortes tensions dissonantes entre son Soleil, son Mercure (l'intellect) et ce groupe de trois planètes, Lune, Pluton et Saturne. Il faut chercher l'origine de ses tensions dans son enfance avec cette conjonction Lune-Pluton qui entraîne des pulsions destructrices, des passions douloureuses et de fortes crises intérieures. On peut dire que ses bases familiales ont été sapées et marquées, entre autres, par la disparition dramatique de son père.

Saturne (jugement, discipline et sagesse) en Maison I nous montre son ambition et son exigence, un potentiel pour assumer des responsabilités à un plus haut niveau, des qualités de chef qui peuvent à l'occasion tourner à la tyrannie ou au despotisme. Ce Saturne, facteur d'introversion, de solitude et de secret, de fidélité et d'intégrité, est placé dans le signe du Lion, qui est l'exil de l'astre. Cette position entraîna certainement par moments un sourd pessimisme, des tendances dépressives, un aspect « maudit » selon la tradition qui aurait pu entraîner une chute sociale. De plus, l'opposition de ce Saturne à Mercure, son intellect, l'amena à être sectaire, soupçonneux, méfiant, voire pinailleur.

Il faut, une fois de plus, relier les aspects négatifs de ce Saturne natal à son enfance où il a dû subir des humiliations secrètes. Cette enfance est la clé de ces moments difficiles où il dévoilait les aspects sombres de sa personnalité. Notons également dans cette zone d'ombre, l'opposition de Mercure à son Pluton, l'entraînant par moments à avoir un esprit tortueux, chicanier, porté à la contradiction, à l'exagération et au cabotinage, le menant parfois à être d'une mauvaise foi frisant la malhonnêteté.

Pluton, planète lourde et puissante, placé également en Maison I (le Moi), représente les pulsions instinctives, les angoisses, les phobies, les fantasmes ; c'est aussi la planète de la mort, des métamorphoses et des transmutations. Elle est placée en opposition dissonante à son Soleil natal, révélant une personnalité paranoïaque, tourmentée, torturée, victime d'une tension entre la morale et les pulsions primitives. L'énergie s'exprime sous forme chaotique, alternant les phases de violence et d'inertie, générant un sentiment permanent de frustration et d'impuissance. L'origine de ce malaise existentiel est en rapport avec le père ou l'absence de père.

La Lune, symbole de l'enfance, de sa sensibilité et de sa réceptivité, placée dans le signe du Lion, s'annonce théâtrale, capricieuse et cyclothymique. La Lune est aussi le symbole de la mère, qui sans nul doute a représenté un rôle important dans sa vie. La proximité de Pluton dramatise le rapport à sa mère et indique qu'il a recherché son affection dont il a certainement manqué, car en concurrence avec ses frères et ses sœurs. La recherche de notoriété et de mise en lumière n'était-elle pas destinée inconsciemment à sa mère pour lui signifier sa présence, son rayonnement, sa réussite ?

Cette relation avec le féminin a donc mal commencé. Sa Vénus affligée n'a pas corrigé ses rapports avec le monde féminin. En effet, la position de sa **Vénus** (attachement, sentiment, amour) en Poissons et en maison VIII, celle du Scorpion, indique des passions insensées, des amours fous, des illusions, des crises profondes et douloureuses. Cette position indique également des relations affectives liées aux biens matériels et des relations d'intérêt. L'opposition à la planète Mars (l'agressivité) décrit le climat général de sa vie affective, chaotique, imprévisible, soumis à des coups de tête et des brusques revirements – bref, un mode passionnel et excessif souvent fondé sur des rapports de force. Cette opposition signifie aussi une dissociation entre l'affectif et le désir. En tout état de cause, l'équilibre affectif fut très difficile à atteindre et n'aurait probablement jamais été atteint.

Ses zones de lumière et de rayonnement : Jupiter, Uranus et Neptune.

Les points forts et positifs de son thème résident dans un très beau Neptune inspiré et un Uranus actif et visionnaire. En effet, **Neptune** utopie, idéologie et spiritualité) ne reçoit que des aspects harmoniques avec la Lune, lui offrant une belle inspiration, une sensibilité artistique et une intuition élevée, soutenue par un autre aspect harmonique avec Mercure (l'intellect et le mental) lui offrant des dons pour la communication sous toutes ses formes. Ce Neptune en maison III, celle de l'écriture, indique des dons et une facilité dans ce domaine. Enfin, un beau trigone harmonique avec son Soleil natal indique un bel imaginaire et un idéal collectif, humanitaire et spirituel.

Uranus (réactivité, originalité, intuition), planète maîtresse de son Soleil, située dans le signe des Gémeaux, révèle un esprit innovant, avant-gardiste, tourné vers les techniques modernes. Le trigone harmonique avec son Mercure nous montre une belle intelligence, vive, intuitive, inspirée et inventive, le journalisme, l'édition et l'audiovisuel étant des champs d'action parfaits pour ce tandem Mercure-Uranus. Notons qu'Uranus étant situé en Maison XI, celle des amitiés et des protections, l'a poussé à former des groupes d'amis dans des buts créatifs et de bénéficier de l'appui de personnages puissants. Cela indique aussi un renouvellement fréquent de la sphère amicale. Pour lui, la communication était un art qui frôlait celui de la comédie (beaucoup de comédiens célèbres avaient cet Uranus en Gémeaux). Parfois l'excès d'opportunisme a pu friser la malhonnêteté intellectuelle !

Grâce à son magnifique Uranus, Gonzague a pu affirmer sa singularité, sa particularité, en transcendant sa volonté propre au profit d'une dimension supérieure à laquelle il a pu s'identifier. Cet Uranus fut son salut car son Soleil conjoint à la

Lune noire provoqua un conflit entre la conscience et sa représentation. Cela est dû à une impossibilité d'identification à l'image paternelle. Sa grande lucidité le rendait dérangeant à lui-même et l'obligeait constamment à se dépasser dans un mouvement de fuite en avant, de manière compulsive. Le refus d'être ce qu'il était l'a conduit à projeter au regard des autres une image fantasmatique plutôt que la réalité de soi qu'il n'acceptait pas.

Dans la corbeille de ses aspects positifs, signalons également la présence de **Jupiter** (le grand Bénéfique et l'expansion) placé en Sagittaire qui lui donna l'enthousiasme pour toutes les aventures, la générosité, le charisme, une autorité naturelle, une passion pour les nouveaux défis et les nouvelles conquêtes. Ce Jupiter, facteur de chance, placé en maison V dont la planète maîtresse est Vénus, indique une aptitude au bonheur et surtout à la jouissance sous toutes ses formes. Sensuel, gourmand, jouisseur : le mot d'ordre était le plaisir !

Cette recherche de plaisir avait son revers, à savoir un gaspillage de ses énergies et une dispersion de ses efforts. Le trigone harmonique à Saturne (jugement, discipline, sagesse) l'amenait à avoir une vision positive, réaliste, ainsi qu'un respect des conventions et de l'ordre établi qui lui fit rechercher les honneurs, les titres, les décorations, la reconnaissance sociale.

Nous voyons ici la contradiction entre le désir de jouissance et cet éparpillement de son énergie contrariant ses objectifs de réussite sociale et de création très élevés qui nécessitent concentration, persévérance et continuité. Ce désir de jouissance, la recherche des fêtes, des mondanités, des voyages, des jeux et des distractions ont pu nuire à son image. Il a, en effet, souvent été considéré par les médias comme un mondain attachant et sympathique, pas toujours pris au sérieux par ceux qui ne l'ont pas vraiment connu ni fréquenté.

En tout état de cause, Gonzague a atteint ses objectifs : celui d'être connu et reconnu, celui d'avoir accompli une grande part de ses rêves et de ses objectifs. Néanmoins, cette image fantasmatique qu'il a projetée sur les autres, la dissociation entre ce qu'il était vraiment et l'image du dandy chaleureux, enthousiaste et entreprenant, digne héritier des grandes figures romantiques qu'il admirait, pourraient pénaliser l'image qu'il souhaitait laisser à la postérité.

L'histoire risque de retenir un personnage ayant marqué la société française des années 1980, mais qui ne laisse pas derrière lui un héritage littéraire, radiophonique et audiovisuel suffisamment conséquent et solide pour marquer son époque. La dispersion de son énergie entre de multiples activités et le désir de jouir pleinement l'instant présent a certainement contrarié son ambition de figurer dans les livres d'histoire de la France contemporaine et d'entrer, comme il se souhaitait ardemment, à l'Académie française. Le temps nous dira sa vérité.

Table

Remerciements

À mon épouse Fabienne Deval, qui m'a suggéré de me pencher sur le parcours de Gonzague Saint Bris, j'exprime toute ma gratitude. Comme à mon éditeur, qui venait de publier mon album *Brassens, auprès de ses arbres*, lors du centenaire de la naissance du poète sétois, et accepta aussitôt l'idée de ce livre.

Marie Eve Breguet et son mari Olivier de Serres, qui furent les premiers à me parler de leur ami de jeunesse, m'ont ouvert des pistes. Edouard Saint Bris a été mon guide bienveillant pour cerner la vie de son frère. Sa sœur Marie m'accueillit chaleureusement. Autrefois, j'avais eu l'occasion de rencontrer leur mère Agnès Saint Bris. Sous le regard amusé de Gonzague, en signe de bienvenue, elle s'était mise à jouer du piano, puis me récita un de ses poèmes.

Au Clos Lucé, à Amboise, j'ai été reçu par François Saint Bris, le maître des lieux. Grâce à cette visite, je ressentis profondément l'esprit de Léonard de Vinci qui continue d'habiter les murs du château et ainsi mieux compris l'auteur émerveillé de *L'Enfant de Vinci*.

Les témoignages de Thierry Taittinger, Judith Belisha, Capucine Milliot, Patricia Campagne furent essentiels ; de même que mes conversations avec Jean-Marie Rouart, qui souhaitait qu'une biographie soit consacrée à son ami de longue date. Merci à Dominique Bona, Daniel Rondeau, Hélène Carrère d'Encausse, Marie-Claire Chatelain, Catherine Marie Pestel, Stéphane Watelet, Fabrice Maze, Jean-Louis von Hauck, Salim Jay, Marie-Claire Berger, Bernard Bret, Philippe Aubier, Gérard de Cortanze, Philippe Lorin, Hugues Courage, François Gibault, Martine Le Coz, Pepita Dupont, Anne Carrière, Annick Geille, Catherine Wrobel, Laurent Hallier, André Rollin, Jacques Pessis, Gilles Pudlowski, Bernard Pivot, Jean Chalon, Gabriel Matzneff, Marc-Edouard Nabe, Jean des Cars, Jean-Jacques Debout, Marie-Claude Mahiette, Pierre Schwartz, Christian Panvert et à tous les collaborateurs de La Forêt des livres, à Chanceaux, qui donne le coup d'envoi de la rentrée littéraire chaque dernier dimanche d'août. Mes remerciements, également, à Olivier Philipponnat pour son attentive relecture.

Je remercie enfin Laura, Cassandre, Mélanie, animatrices respectives de la Maison Agnès Varda des auteurs et autrices de la Scam (Société civile des auteurs multimédia[1]). C'est sur l'un des ordinateurs mis à la disposition de ses membres que j'ai écrit ce livre. La proximité du parc Monceau, où Gonzague venait se promener en voisin de la rue Pelouze, m'aida à réfléchir au destin de cet écrivain et journaliste qui se demandait en quoi consiste véritablement le réel…

1. Au 5, avenue Vélasquez, 75008 Paris.

DU MÊME AUTEUR (*suite*)

René Julliard, Julliard, 1992.

Hervé Bazin, entretiens, Stock, 1992.

Sagan, Mercure de France, 1988 ; *Françoise Sagan, une légende*, Mercure de France, 2004.

Mauriac intime, avec Claude Mauriac, Stock, 1985.

Arsène Lupin, gentleman de la nuit, Grasset, 1983. Prix Broquette-Gonin de l'Académie française.

Gaston Leroux, ou le vrai Rouletabille, avec Pierre Lépine, Nouvelles Éditions Baudinière, 1977 ; Éditions du Rocher, 2003.

Pierre Lazareff à la une, Stock, 1975.

Notre-Dame des esclandres, avec Marc Kunstlé, Presses de la Cité, 1973.

Au petit bonheur la chambre, avec Marc Kunstlé, dessins de Cabu, Julliard, 1972.

Cet ouvrage a été composé
par Facompo
à Montrouge (Hauts-de-Seine)

Impression réalisée par

PRÉSENCE GRAPHIQUE
à Monts (Indre-et-Loire)

en juillet 2022
pour le compte des Éditions de l'Archipel,
département éditorial de la S.A.S. Écriture-Communication

IMPRIM'VERT
Votre imprimeur agit pour l'environnement

Certifié PEFC
Ce produit est issu de forêts gérées durablement et de sources contrôlées.
PEFC
10-31-2677
pefc-france.org

Imprimé en France
N° d'impression : 072272760
Dépôt légal : août 2022